Div 作品

陰界黑幫

11

Mafia of the Dead

Div 著

自序

陰界十一，終於要出版了。

我知道這本與陰十隔了超過一年，這一年我把自己寫作整個步調重新調整（天啊已經夠慢了你還要調整？），會調整的原因大概是一件事做了二十年，突然發現自己必須休息一下了。

工作、生活，還有逐漸步入中年的身體，需要花更多時間照料與調適，於是我小小休息一下。

不過，寫作這件事就算休息，也是不會斷的，總覺得這是一個承諾。

在二十幾歲時，對自己也對寬闊世界的承諾，就算讀者只剩下一個，也不會停止說故事的承諾。

這一年最有趣的是，大概就是繼國二的女兒之後，連小五的兒子也跳入了《陰界黑幫》的坑了。

而且短短的一個月，他就從第一集追到了第十集，讓正在和陰十一慢慢相磨的我，看得是一身冷汗。

所幸，爸爸還是在你追上之前，將檔案寄給了春天出版社。

在這裡，感謝出版社的不離不棄，不知不覺，我們也認識二十幾年了呢，老朋友。

這本書，要送給老朋友們。

包括：讀者、出版社、女兒、兒子。

放心，這次陰十二不會再隔上一年以上了，我會努力的。

Div

陰界黑幫 11

Mafia of the Dead

「相傳紫微星系共有一百零八星，又以十四星主掌夜空，其影響國家興亡，個人運勢甚鉅，其為紫微、太陽、太陰、武曲、天同、天機、天府、天相、天梁、破軍、七殺、貪狼、巨門與廉貞是也。」

楔子

政府。

十四殿群中，「太陰殿」位居西南側，周圍幅員寬闊，許多珍禽異獸環繞其間。成群飛過的「酒吞蜻蜓」，其翅膀打開時寬如成人張開雙臂。體型有如汽車的「龍蛙」一群群蹦跳而過，若感到地面微動，原來是巨大如大象的「風象」緩緩經過。

往天空看去，悠悠哉哉成群飛過的是「竹蜻蜓」，隨風忽快忽慢嬉戲的「風箏獸」，還有一大片湖泊，其中可見晶瑩剔透的「海蚌殼」，牠們所產的「雪珍珠」是陰界珍貴飲料「珍珠搖滾」的主材料，湖邊還有幾隻動作迅捷，如掠食者的「妖螃蟹」。

若往草地看去，許多微小的陰獸也棲息其中，毫無認路能力卻異常執著的「路痴獨角仙」，也有就算推大便也必推得完美無缺的「處女金龜子」，也有只要一碰到人肌膚，就會讓人癢到想要把皮膚都抓脫下來的「脫脫蟲」。

這些陰獸，皆被列在陰獸綱目之中，有些強大高達A級，有的弱小到連C級都無法列入，有些是生性和平的草食陰獸，也不乏以吞食其他陰獸維生的肉食陰獸，但奇妙的是，牠們卻在這片土地上和平相處。

偶爾會獵食彼此，但卻有所節制，不至於造成某一種陰獸的大量氾濫，或是某一種陰獸的完全滅絕。

在這片平靜自然的土地上，似乎存在著某種古老、溫柔，但又強大無法抗拒的力量，正強勢的主宰著這一切。

因為，這塊土地有個名字，它是太陰殿。

太陰殿，正是女獸皇月柔的立基之地。

如今，這片平和的陰獸祥和之地，有了訪客。

訪客數目不止一人，共有四人一犬，兩男兩女，外表年紀都是二十上下，四人顯出其少年英豪的傲氣，而那一犬身形巨大如獅，顧盼之間威風凜凜，胸口一道三寸矛疤，更顯其滄桑與勇猛。

但奇妙的是，這隻該是人見人怕，獸見獸躲的肉食巨犬，卻絲毫沒有在這片土地上引發任何騷動，成群的陰獸仍自在地喝水，跑跳，悠遊於陽光之下。

這片土地潛在的「力量規則」，似乎更凌駕於巨犬本身的威迫感。

「這土地，不凡。」走在前頭的男子，身材帥氣英挺，穿著一件背心，手臂精鍊的肌肉，透露著他戰神等級的實力。

「是啊，這是一片神奇的土地，一踏上這塊土地，彷彿就聽到從地面傳來的輕盈歌聲，就是這些歌聲，安定了陰獸的躁動。」走在男子旁邊的，是一名帶著古典高雅氣質的女子，她穿著白色長袍，身材姣好，語氣溫柔。「不愧是太陰星月柔掌握的土地，你覺得是嗎，柏？」

「嗯，妳說的是，解神女。」走在最前方的男子，果然是柏，他聲音中透著對女子的敬意。

這份敬意不言而喻，畢竟，這位名為解神女的高貴女子，可是名譽陰界第一的女醫，她多次將柏從垂死邊緣拯救回來。

「呵，你老是叫我解神女，有點疏遠呢。」解神女微笑。「不如叫我小解吧，我師父天機星無用也是這樣叫我的。」

「嗯。」柏沒有立刻答應，只是抓了抓頭髮，雄壯威武的他，此刻卻顯得有點侷促。

「……」解神女看了柏一眼，聰慧的她此刻沒有接話，只是把手往前比去。「喏，十四殿之一，就在那了。」

「是嗎？」柏順著解神女的手指看去，這一刻，他目光如箭，射向了遠處那低調而美麗的建築物。「它，就是十四殿之一，太陰殿？」

太陰殿。

此殿是溫和的月白色，如同一片巨大美麗貝殼，每塊磚瓦，每根柱體，都像是渾然天成，與周圍的自然風光與來往的陰獸群，完美的融合在一起。

「這太陰殿，和我記憶中一模一樣。」這時，站在柏與解神女身後的年輕女子開口了。「不知道月柔阿姨還記不記得我呢？」

「小曦，妳見過太陰星月柔？」年輕女子旁，是此行的第二名男子，他身形中等，全身散發一股古樸踏實的憨傻。

這女孩是小曦，也就是不久前才隨著柏離開牛肉麵店的女孩，她的天賦極為特殊，就是她擁有驚人的學習之力，能學習任何一種「技」。

就像是她從周娘身上習得了「星穴」這不傳之密，後來更以星穴治療了琴。

「見過啊，小時候她教過我幾手召喚陰獸術。」小曦微笑。「我很喜歡月柔阿姨，你見到她，一定也會喜歡她的，忍耐人。」

「月柔……」這男子正是忍耐人，他日前也隨著柏離開了牛肉麵店，忍耐人生前墜入工廠鎔鑄爐而亡，死狀雖然痛苦，卻也因此獲得特殊技能「鐵」。

他能夠操縱鐵汁，更有比誰都強的忍耐力，在任何的陣容中，他都會是非常穩定的戰力。

「是啊，月柔阿姨是非常厲害的馴獸師，你看看她的太陰殿外，有多少珍奇陰獸就知道了。」小曦笑。「等等見到月柔阿姨，和她討教幾招馴獸手法，保證終生受用不盡喔。」

「嗯，真期待。」忍耐人死亡時間不長，算是半新魂，但這幾年隨著周娘在牛肉麵店幫忙，確實也學習了許多關於陰界的知識，提到陰獸，他不由得連連點頭。

「太陰殿就在前面了，只要再過這個土丘，咦？」忽然，小曦發出咦的一聲。

因為，走在前面的柏和解神女兩人，突然止住了步伐。

就在太陰殿前面，一隻巨大的野獸陡然現身，這巨獸外貌酷似山豬，但體型卻將近百倍。

牠高大如山身形聳立著，細長的小眼，由上往下，俯瞰著四人。

「是饕牾！」柏感受到饕牾的氣勢，不自覺地握緊了拳頭，幾乎就要拔出背後的長矛。「十二陰獸中，無止境進食的巨獸。」

「等等……」解神女急忙伸手阻止了柏。「饕牾只是擋住了我們的路，牠沒有攻擊我們。」

「沒有……？」感受到饕牾的動靜，柏皺起眉頭，停止了拔矛的動作。「牠為什麼擋住我們的路，卻又不攻擊我們？」

「也許，月柔並不希望傷害我們，但也不想見我們，所以派了饕牾擋在這裡。」

「原來如此，」柏仰望著這如同小山般的饕牾，他嘴角揚起。「但，月柔可知道，一旦我柏決定要做的事，就沒什麼東西可以阻擋我！」

說完，柏舉起拳頭，同時間拳頭外環繞著一團精鍊暴力的風，這風無形卻充滿力量，如同一只破壞力十足的拳擊手套。

「柏，別來硬的……」解神女露出擔心的表情。

「放心，我不會傷了這隻饕牾，畢竟我們是客，傷了主人的寵物，要怎麼談下去？」柏笑。「所以我不會用破軍之矛，就只用我的拳頭，和這隻胖小子，來一場『溫柔的對談』吧。」

說完，柏就這樣高高躍起，被暴風包裹的右拳，就要朝著饕牾高挺的豬鼻子，直接揍下去。

而饕牾發出了一陣有如地鳴的聲音，同時間，牠的大嘴打開了。

當牠的嘴張開，伴隨強大難以抗拒的吸力，竟把柏拳頭外的暴風，全部一絲不剩的吸入了嘴裡。

「好樣的。」柏雙腳御風，立於空中，他看著自己空蕩蕩的拳頭，不怒反笑。「不愧是天底下最餓的陰獸，竟然這麼能吃！那就看看你能吃下多少風？肚子痛可不要怪我啊。」

說完，柏雙手高舉，道行從他手心催動，越是催動，就有越多的風，從這片寬闊土地的四面八方湧來，引起土地上陰獸們抬頭注目。

風越來越多，在柏的手心凝聚成團，此團更不斷擴大，團內擾動的風也越來越劇烈，更讓這風團由透明轉為綻黑。

「破軍之，黑丸。」柏雙手中的黑丸，已經擴張到籃球大小，而且其中的暴風亂舞，發出震人心魄的雷鳴之聲，其威力恐怕足以炸掉這半個清幽的陰獸屬地。「這是超級大餐，就看你還吃不吃得下去？饕餮！」

而就在柏高舉手中黑丸，要朝饕餮口中扔去，給牠一個吃飽的痛快之際，忽然，一個女子聲音，傳了出來……

「等等！柏！」

「什麼？」柏的手陡然握住，緊急煞住即將丟出了這黑丸，目光移向出手阻止她的解神女。

「柏，請讓小曦試試。」解神女拉著小曦的手，溫柔地說。「這隻饕餮當時與地藏一戰，已經吃下地藏巨大而純淨的千手觀音能量，元氣未復，若再吃你的黑丸，恐怕會傷上加傷，不如，讓小曦來吧。」

「小曦？」

「嗯。」解神女一笑。「小曦剛剛說，她可以和這隻饕餮說話呢。」

「說話？」柏此刻已經放下了雙手，同時間，手上原本兇暴狂亂的黑風，也緩緩地往四方散開。「妳懂馴獸師之術？」

「嘻嘻，柏，你忘了啊。」小曦往前站了一步，昂頭看著眼前的饕餮。「我小曦可能是古往今來第一人，同時會六王魂所有技的，超級可愛美少女呢。」

下一秒，小曦張開口，發出像是吟唱，像是低語，卻也像是古老種族歌詠的大地之聲。

「隱匿在無光黑暗中寂寞的野獸，容許你思考並應承我的約定，讓我得以與你溝通吧。」

神奇的現象發生了，小曦的詠唱之下，饕牾有了反應，牠低下頭，看著小曦，似乎在思考，也似乎在聆聽。

然後，饕牾發出了一聲低吼。

這聲低吼酷似打嗝，從牠腹中湧出，傳到眾人耳中的時候，引得眾人微微暈眩。

然後，小曦也有了回應，她維持著相同的詠唱語調，搭配上柏等人無法理解的語言，回了幾個音符。

就這樣一人一獸用詠唱與獸吼，交談了幾回。

一會小曦搖頭，又一會是饕牾低吟，終於，奇事發生了，原本這隻不動如山的十二陰獸之一饕牾，竟然低吼兩聲，慢慢移開了牠的身軀，把前方的道路讓了出來。

「小曦妳真厲害。」解神女拍手，「幾句話就說服了饕牾。」

「解神女姐姐，我也沒說什麼，我只是用真心告訴饕牾，我們此行來找女獸皇阿姨，沒有惡意。」小曦微笑，「而饕牾似乎也頗擔心女獸皇，所以才讓我們過去。」

「擔心女獸皇？」柏聽到，忍不住問。

「這我也不清楚，陰獸的語言極度簡單，無法表達太多複雜的事物，但我確實感受到牠擔心的情感。」

「嗯，不管怎麼樣，見到月柔之後就會明白了。」柏點頭，「我們走吧。」

於是，眾人再次前行，眼看如月色般柔美的太陰殿就在眼前，忽然，走在最後的嘯風犬「汪」了一聲。

聽到嘯風犬如此一叫，柏立刻伸出手，阻止了所有人的步伐。「小心。」

「嗯？」所有人訝異的看著柏，「啊？前面什麼都沒有啊。」

「不要動……」柏身體動也不動，只有眼珠慢慢往左看去。「我們的身邊，有蛇。」

「蛇？」其餘三人都一呆，「蛇？哪來的蛇？」

「此蛇擅長隱匿，乃是女獸皇麾下兩大陰獸之一，曾在多次大戰中暗殺敵方大將，是為，隱蝮。」

「隱蝮？」聽到這兩字，除了忍耐人之外，其餘兩人都發出啊的一聲。

隱蝮，可是與牾饕和嘯風犬齊名，名列十二大陰獸之一的黑暗狙殺手。

「牠在我們旁邊嗎？」解神女緊張的四處張望，「我都沒看到牠。」

「牠的隱蔽之力極度高明，可是連主星都未必能看出來。」柏巧妙地控制著風，試圖用風的流動，捕捉隱蝮的足跡，但效果顯然不彰。「我能感受到牠正在我們周圍緩慢爬行，但我卻始終無法精準掌握牠的位置，當時的巨門星天缺老人是用巨門之鎚不斷敲擊地面，才將牠逼出來的。」

「但顯然我們沒有天缺老人的功力，」小曦說話了，「我來試試，可不可以和牠說話。」

「好。」

小曦閉上了眼，再次發出那如同吟唱般的話語。「隱匿在無光黑暗中寂寞的野獸，容許你思考並應承我的約定，讓我得以與你溝通吧。」

只是這一次，當小曦說完了這句話，周圍那危險而緊繃的氣氛卻沒有絲毫改變，而小曦的神情似乎也沒有因此而舒緩。

「牠沒有回應，讓我再試一次。」小曦吸了一口氣，閉上眼，再次由身體深處，以道行為基礎進行震動，發出真誠的低語。

「隱匿在無光黑暗中寂寞的野獸，容許你思考並應承我的約定，讓我得以與你溝通吧。」

聲音迴盪，眾人目光集中在小曦身上，可是……小曦卻眉頭皺起，搖了搖頭。

「牠拒絕了我。」小曦說，「牠說，要過去，得先過牠毒牙一關。」

「毒牙？」柏問。

「對，牠說月柔深鎖門內不出，且給了牠一紙命令，不論是誰？要過此門，都要受毒牙的一咬。」

「這麼狠？」柏皺起眉頭，「看來與地藏一戰後，對月柔影響頗大，真的讓她從此不再見客，不行，我們還是得想辦法過去。」

「讓隱蝮一咬誰受得了啊？隱蝮被稱作五毒陰獸之一，毒性和蟾蜍、蜈蚣、蜘蛛、蠍子齊名，中毒者不用數分鐘就會全身發黑腫脹斃命。」小曦連連搖頭，「此路不可行啦，柏。」

「嗯。」柏沉思了一會，隱蝮則與地藏之戰之後傷勢未復，且牠在十二陰獸中擅長偷襲而非戰鬥，再加上自己這邊還有小曦與忍耐人幫手，真要硬闖，隱蝮應該擋不了。

但真要動手難免多有死傷，若此戰傷了隱蝮，可違背了他前來找月柔的初衷。

而就在柏遲疑不決之際，忽然，素來寡言的忍耐人開口了。

「我來試試，我可忍受隱蝮一咬。」

「喂！忍耐人！」率先說話的是小曦，她語調氣急敗壞。「這可不是開玩笑的！你到陰界的時間還太短，搞不清楚狀況，你知道隱蝮的毒牙有多厲害嗎？多少成名高手都喪命在牠毒牙之下，你又逞強啦！」

「我在陽世時死在鑄鐵熔爐之中，全身血液都已化成鐵漿，毒這物質應該於我無害。」忍耐人慢慢地說著，「若是受牠一咬，我們便可通行，就讓我來承受吧。」

「才不是！你以為隱蝮的一咬有這麼簡單嗎？牠位列十二陰獸，毒性在五行中屬土，更有道行依附毒性其中，就算你全身是鐵，同樣會被毒牙道行破壞身軀，最終死亡！」

「可是，我體質乃是純鐵，應該比較不怕毒……」

「對，也許你的體質較一般陰魂抗毒百倍或千倍，那又怎麼樣？隱蝮的毒照樣毒到你死翹翹！」

「嗯。」忍耐人咬著下唇，「不然，那還有什麼辦法？」

「辦法還是有的。」突然，柏開口。「但要解神女出手。」

「咦？」解神女一聽，她何等聰明，立刻明白柏的意思。「對，柏的想法是有機會，但，還是有風險……」

「什麼意思？」忍耐人不解。

「唉，」解神女說，「忍耐人鐵化體質雖可以延遲隱蝮之毒，最終會被蛇毒感染全身，不過，這時候由我的解神曲出手化解蛇毒，應該可以保住忍耐人的身軀。」

「對，還有解神女姐姐的解神曲？天下第一醫術！」小曦目光看向解神女。

「不過，就算解神曲能化解天下所有毒害傷勢，但在過程中仍需要承受巨大痛苦。」解神女露出不捨表情，「忍耐人，你確定要如此做？」

「我當然……確定！」忍耐人語氣堅定。「別忘了我的名字，我可是……忍耐人！什麼不行，最會忍耐！」

什麼不行，最會忍耐！

只見他毫不遲疑地捲起了手臂，露出淺淺微笑。「小曦，來吧，和那條隱形的蛇說，來咬我吧。」

解神曲。

源自非常古老的歌謠，其歌謠歷史之久，已過數千年，甚至足以追溯到第一代主星。

對解神女而言，繼承這麼古老的歌謠，則是她還是剛到陰界的新魂之時，那時的她才剛死，正跟著鬼卒，走在數千魂魄中，渾渾噩噩地往前走著。

忽然，她被一個溫文儒雅且溫柔的男子嗓音給喚住。

「女孩，請止步！妳願意跟我一起嗎？」

解神女訝異回頭，她看見一個男人，這男人臉上戴著小小的圓眼鏡，手裡抱著幾捆書卷，看起來有些邋遢不修邊幅。

「我？你和我說話嗎？」

「對，就是妳，放心放心，我不是壞人啦。」那男子笑得溫文儒雅，「跟著我沒辦法大富大貴，但絕對衣食無憂。」

「為什麼，找我？」

「因為妳是這浩瀚陰界中，唯一能吟唱那首旋律的人喔。」

「旋律？」

「對啊，這是一首非常古老的旋律，它存在的歷史比主星更久，那是人類尚未開化時，一種獨特的鳥鳴聲，這鳥鳴聲能夠治療每個受傷的靈魂。」

「鳥鳴？」新魂的解神女歪著頭，她能感覺到這男子沒有惡意。

「某位星格者將鳥鳴聲融入自己的技，編成了『解神曲』，從此成為陰界的醫術之首。」那男子滔滔不絕地說著，「那鳥叫什麼名字？已經好幾百年沒見到了，但我還是將牠編入了陰獸綱目裡，啊，我想起來了，叫做關關雎鳩。」

「關關雎鳩？」解神女歪著頭，這四個字好熟悉啊。

「是啊，一百零八個星格者中，只有一個人可以完整吟唱出這首旋律，這人也會是陰界的醫術第一人。」男子笑起來有股傻勁，但也同時充滿了讓人信賴的氣質。「那個人，就是妳喔。」

「啊。只有我？」

「是啊，這首歌是這樣唱的……」只聽到這名男子也不管解神女懂或不懂，就自顧自的唱起歌來。「關關雎鳩，在河之洲。窈窕淑女，君子好逑。參差荇菜，左右流之。窈窕淑女，寤寐求之。求之不得，寤寐思服。悠哉悠哉，輾轉反側。參差荇菜，左右采之。窈窕淑女，琴瑟友之。參差荇菜，左右芼之。窈窕淑女，鐘鼓樂之。」

在這男子唱歌時，當年仍是新魂的解神女，聽得入神。

這首歌，她曾經聽過。

而且不只是曾經而已，那是來自靈魂深處的熟悉感，彷彿她曾經哼唱過這首歌，千次萬次，曾經為了眼前受傷痛苦的戰士而唱，為了臥病在床的耆老而唱，為了孤苦的孩童而唱，也為了自己心愛的男人而唱……一次又一次，不斷轉生不斷輪迴，她都帶著這首歌，不斷地唱著。

「是的，我認得這首歌，這是……解神曲！」解神女低語著。

「對，我就知道只要一唱這首歌，妳就會打破孟婆的記憶風鈴了，啊，不是，現在好像叫做迷魂湯之類的。」那男子微笑，「妳願意隨我來嗎？我將帶領妳踏上自己的宿命。」

「嗯。」解神女看著男子，點了點頭。「那請問您是？」

「哈哈，妳看看我，每次都急著說話，忘記自我介紹啦。」男子咧嘴笑了，「我就是天機星，吳用。」

天機星，吳用。

十四主星之一，掌握智慧與計謀的主星，天機。

於是，解神女就這樣離開了千萬魂魄，隨著吳用來到他的住所，那是一個名叫「天機殿」的宏大住所，裡面藏了數不盡的書籍，也布置著難以計數的機關。

解神女在天機殿中，每天唱著這首解神曲，替人療傷，救治病患，並且與天機殿中的侍從們成為好友，那是非常平靜的一段歲月，直到那天晚上，天機星吳用帶來了一個重傷殆死的男子。

這男子，緊皺的眉頭，稜角分明的五官，明明生命垂危卻連一聲痛都不曾喊出，解神女心跳莫名的加速，那一晚，她為這男子而唱，從夜晚唱到了天明。

從此日日夜夜，解神女守在男子身邊，解神女本以為男子熬不過如此重傷，但他竟熬過了。

後來，這名男子甚至帶著解神女離開天機殿這和平祥和之所，從此踏上征戰不休的陰界荒土。

這男子，就是柏。

而所謂的征戰，就像是此時此刻，就在太陰殿之前，兇狠陰毒強悍的S級陰獸隱蝮，張開了血盆大口，露出了鋒利毒牙，朝著眼前目標狠狠咬了下去。

毒牙，就咬在解神女同行伙伴粗壯的手臂上，那伙伴的名字，就叫忍耐人。

而同一時間，解神女張開了小巧的嘴，她開始唱起了她今生最熟悉的一首古老歌謠。

解神曲，關關雎鳩。

當忍耐人被隱蝮毒牙咬中的瞬間，他感到除了劇痛，還有，前所未有的恐怖。

那恐怖，並不是單純的疼痛，而是一種極度接近死亡的驚悚感。

隱形的隱蝮咻然一聲，突然盤繞上忍耐人的手臂，張開蛇嘴，朝著手臂一咬而下。

蛇之毒牙，瞬間刺破忍耐人鐵的肌膚，嵌入鐵的肌肉，毒氣從毒牙尖端噴出，順著鐵的血管，快速蔓延忍耐人全身時……忍耐人運起全身道行，試圖阻擋這黑色的毒液。

就是此刻，忍耐人感到驚悚。

因為就算忍耐人的鐵製身軀確實擁有極佳的抗毒性，但卻只能稍微減緩毒素蔓延的速度，毒素，仍在挺進，更一路兇猛地摧毀著他身體所有的系統。

神經系統、循環系統、呼吸系統……每一個原本強壯且運作正常的系統，都在毒液流經之後，被徹底破壞。

「真的會死……真的會死……」忍耐人感受到死亡正從手臂往上，不斷流往全身，他驚嘆於陰界世界的遼闊，以及S級陰獸的強大。

與死亡的距離，比他想像中更近。

而忍耐人感到全身劇痛，有如在燒燙的土堆裡不斷滾著時，他聽到了一個聲音。

那聲音溫柔清脆，來自小曦。

「蛇毒比想像中更可怕，快點，解神女，忍耐人快撐不住了！」

然後，就在同時，忍耐人感覺到了，在一片令人暈眩燥熱疼痛的蛇毒之中，忽然傳來了一陣清涼。

而神奇的是，清涼竟是來自傳入雙耳的歌聲。

關關雎鳩，在河之洲。窈窕淑女，君子好逑。

這幾句輕盈的歌詞傳入忍耐人耳中，就像是兩股清流，從耳畔流入了腦中，原本脹熱的忍耐人腦門，頓時舒服清醒起來。

參差荇菜，左右流之。窈窕淑女，寤寐求之。

這是解神女的歌聲？忍耐人感覺到這不是單純解神女自身的力量，反而像是天地自然的聲音，透過解神女的喉嚨胸腔的震動，以歌聲的方式呈現出來。

求之不得，寤寐思服。悠哉悠哉，輾轉反側。

那股來自解神曲的清涼感受，不只清涼了腦門，還往下走到鼻腔，進入咽喉，隨即，在整個肺部如煙火般散開，讓忍耐人窘迫的呼吸頓時得到了抒解。

參差荇菜，左右采之。窈窕淑女，琴瑟友之。

解神曲的力量繼續往下走，從肺部進入了內臟肺腑，也就在此地，開始和暴力血腥的蛇毒展開了正面交鋒。

兩股各走極端之力，一活一死，一和平一殺戮，就這樣在忍耐人的胸腹之處展開了無聲卻凶險的激戰。

參差荇菜，左右芼之。窈窕淑女，鐘鼓樂之。

當歌聲來到這裡，解神曲的聲音由高而低，由原本的高亢轉為低喃，由悠揚化為餘韻不絕。

看似轉弱的曲調，卻在此時更顯威力，化成一波波雖不強勁但綿延不絕的海浪，不斷融解著蛇毒。

蛇毒雖然兇猛，但不若解神曲如此悠長不斷，這一刻，開始退了。

一個音符伴隨著一個音符，一個海浪疊上另一個海浪，不斷不絕，不眠不休，沖洗著蛇毒攻擊過的每處器官。

直到，當忍耐人感受到舒適清涼浸透了全身，剛才劇痛如火燒般的疼痛，已然恍若隔世。

然後，忍耐人睜開了眼睛。

他首先看見的，是小曦焦急的眼神。

「好像，沒事。」忍耐人擠出了一個笑容。

「沒事就好。」小曦也笑了，「嚇死我了。」

同時間，忍耐人聽到了來自柏，爽朗而中氣十足的聲音，遠遠地傳了出去。

「太陰星，女獸皇月柔。」柏如此說著，「妳出的兩道題目，我都接下了，也該露上一面了吧。」

然後，忍耐人突然聞到了一股香氣。

那不是矯揉做作或是濃妝豔抹的香氣，而是帶著一絲野性，卻又不失高貴的女性香氣。

而在香氣之中，一個女子身影就這樣陡然出現在柏的面前。

長髮披肩，獸皮斗篷，身材凹凸有致，五官娟秀，那雙眼睛中卻帶著不羈霸氣，正冷冷地看著柏。

她，正就是十四主星之一，位列六王魂的太陰星月柔。

「參見太陰星月柔。」柏等四人同時抱拳。

「哼，破軍啊，僧幫大戰之後，天下大勢已定，我心也死，本欲歸隱山林，從此不介入易主之爭，你又何苦將我逼出呢？」

柏回視著月柔，「就是僧幫大戰後，天下大勢已定，我才需要來找妳。」

月柔貴為獸皇，只憑雙眼就足以馴獸，眼中透出強烈道行，但經歷過多次生死狂戰的柏，道行也非昔日吳下阿蒙，他直視月柔雙眼，堅定如鋼，未見任何動搖。

「喔？怎說？」

「我打算邀妳與我同盟。」柏說，「以擊敗『那個人』。」

「同盟？那個人？」月柔的雙唇，因為訝異而微微張開了。

「正是，而且那人就是……」柏說。

聽到這名字，月柔先是眼睛睜大，然後隨即大笑起來。

「你想擊敗他，哈哈哈，你膽子真的不小啊，破軍星。」

「不入虎穴，焉得虎子。」柏昂著頭，霸氣湧現。「不以性命為賭注，豈能成就易主大位。」

「那你又怎麼知道我會加入你？不怕我將你的企圖告訴他？」

「我知道妳不會。」柏淡然一笑，「因為，那個人就是妳心死歸隱的原因，不是嗎？」

月柔看著柏，這瞬間，她目光中的神色，百轉千迴，似乎有無數的情感從中涓涓流過。

然後，她微笑了。

「好啊，那我加入。」最後，月柔淺淺微笑中，透露出當年女獸皇君臨大地的霸氣。「我來看看，你這小子能搞出什麼名堂？如果真能將那人從政府六王星首位拖下來，我太陰星月柔就服了你，哈哈哈。」

柏的陣容中多了一員大將，但他並沒有因此而露出任何欣慰的神情。

因為他比誰都清楚，他要對付的人如今聲勢如日中天，底下高手如雲，更別提此人更是陰界三大高手之一，單他一人就足以將柏打得粉身碎骨。

但柏沒有想要放棄，因為他要完成的是一個承諾。

一個對某個長髮且任性女孩的承諾。

那是就算被天下人唾棄，也堅信自己理念，勇往直前的一個承諾。

「等著我。」柏低聲的自言自語，「我會讓妳看到，我的理想世界，琴。」

第一章・深紅神秘客

陰界。

這裡，陽光明媚，海風吹拂，海面上的碎浪反射著陽光，有如大片燦爛奪目的鑽石，海面上有一個體積約莫漁船大小的物體，正浮空前進著。

再仔細端詳那物體，只見這物體主體是一個大圓盤，圓盤上有著不規則裂紋，但圓盤四方伸出了長長的鰭足，前方還有一個圓圓的頭顱。

看到這形貌，這隻陰獸的真實身分不言而喻，牠是一隻海龜，而且還是一隻會飛的巨大海龜。

陰界海龜生性溫馴，可馱重物，耐性十足，是濱海討海人重要的交通工具，近年來更成為觀光客的最愛，人稱「海龜計程車」。

海龜計程車上通常都會有一個司機，他坐在海龜頭部，藉由輕拍海龜頭部來決定方向。

而乘客坐在海龜殼上，海龜殼的裂紋深淺不均，常會架著幾張涼椅，撐著幾把大陽傘，還有小圓桌可以擺放涼飲，一台舊式收音機播放老舞曲，這可說是夏天海濱最美好的畫面之一。

可是，這一隻海龜計程車的模樣，卻有些不同。

首先，海龜頭部雖然坐著司機，但司機卻不如往常喝著啤酒，唱著歌謠，陪著遊客一同歡唱。

這司機趴在海龜的頭部，正瑟瑟發抖。

龜殼上確實有乘客，是一位年輕且身材高眺的漂亮女子，和一位戴著墨鏡穿著西裝的帥氣光頭男子，不過，他們卻沒有坐在涼椅上。

之所以沒有坐在涼椅上，是因為他們周圍，正圍著六、七個身穿黑衣，手裡拿著各種奇形兵器的刺客。

在此刻燦爛的陽光海洋下，海龜計程車緩緩地飛著，而牠的背上，有著發抖的司機和戰況一觸即發的兇惡乘客們。

確實，怎麼看都不太正常。

「喂！是誰說海龜計程車坐起來又穩又開心的？」那年輕漂亮的女子，有著小小虎牙，讓她看起來帶著一股可愛的任性。「那為什麼我們這一路上，會這麼忙啊？」

她一邊說著，周圍的黑衣刺客甩動手上的怪奇兵器，那是糾纏在一起的三條鎖鏈，鎖鏈似乎有著生命，張牙舞爪的朝女子飛來。

女子淺淺一笑，雙手運轉，掌心牽引電流，頓時將鎖鏈往後擊飛。

「妳還怪我嘿？」光頭男子冷笑一聲，「要不是妳在僧幫大戰時強出頭，我們也不會被政府通緝，這幾個傢伙應該和火車那兩個刺客是同一夥的。」

黑衣刺客手一揮，數把黑刀射出，同時間黑衣刺客嘴裡唸唸有詞，黑刀陡然變大成手臂大小，殺傷力隨之大幅提升，一把把插向光頭男子。

光頭男子一派悠閒，只是甩動右手，右手突然出現數個收納袋，收納袋嘴巴大開，吞掉了這些黑刀，黑刀最後有如蒼蠅般在收納袋中無頭亂舞。

「唉喔，那個情況，你叫我怎麼放得下地藏？他一個人要打好幾千個耶。」長髮女孩嘆，「對了，你說他們和火車上的那兩個刺客是一夥的？莫言，你怎麼知道？」

莫言？這光頭男子果然是甲級擎羊星，神偷莫言。

「我當然知道嘿，這個政府之所以這麼厲害，就是除了光明正大的掠奪，私底下的暗算手段可一點都不少。」莫言說，「『五暗星』就是政府底下最兇狠的暗殺組織，我們那天抓了兩個，還有三個。」

「真的假的？那天差點毒死整輛火車的殺手？還有三個？」

「當然，他們同列丙級星，我們抓了衰星和墓星，還有病星，死星和絕星這三星沒有出來。」莫言冷哼一聲，「我和妳說，妳要在僧幫逞英雄，就是要付出代價的，懂嗎？琴。」

琴？

和莫言同行者，自然是琴。

這個冒失闖入陰界，被政府通緝，經歷各種冒險，卻靠著自己的天性，正一點一滴改變陰界的任性美女。

「哼，你才是傻蛋，我這叫做有義氣好嗎？但討厭的是這些刺客一直騷擾我們，這樣下去，只怕沒司機願意載我們了。」

「妳等會再擔心海龜計程車的問題嘿。」莫言說到這，竟然朝著涼椅一坐，蹺起腳，開始喝起冰啤酒。「自己闖的禍自己收，這幾個傢伙應該是五暗星的手下，妳就自己收拾他們吧。」

「喂！」琴瞪了一眼莫言，跺了跺腳。「算了不和你計較了，本姑娘自己對付。」

「希望在我喝完這瓶啤酒前，可以順利解決嘿。」莫言單邊嘴角揚起，露出壞壞的邪氣笑容。

「哼。」琴不再與莫言說話，專注的看著這六位正包圍著自己的黑衣蒙面刺客。

這六個刺客道行都不算頂尖，至少沒有衰星或墓星這麼強，他們之所以危險，都是因為手上的奇形兵器。

一個刺客手拿著三條交纏的鎖鏈，他手上的鎖鏈正在蠕動，有如深穴毒蟒。

一個刺客善使暗器，會不時抛出小黑刀，並透過咒語將黑刀放大，使得對手中刀時傷害倍增數倍。

一個刺客手裡轉動著一顆一顆的小球，球裡面不是藏著爆炸物，就是藏著什麼噁心的詭計。

一個刺客穿著寬大的長袖上衣，每次發動攻勢時，都有不知名的透明液體從他的衣袖中噴甩而出。

一個刺客揹著一只突兀的黑色背包，看來古怪暗器就藏在這個背包裡面。

最後一個刺客整體看起來很正常，但琴注意到他的嘴微微鼓起，似乎含著什麼，如果真有奇形兵器，恐怕就在他的嘴裡。

短短的一秒，琴已經看出六位刺客的特點，然後她欣然一笑，經歷了太多次陰界風雨的，已不太會對「戰鬥」這件事產生恐懼。

她擺了擺手，做出迎戰的姿勢。

「來吧。」琴微笑著，「看我一個個收拾你們。」

「憑妳一個人？收拾我們？」刺客冷哼一聲，「我們可是鼎鼎大名小孩聽了會哭，老爸會吼，媽媽會叫，老師會碎唸的……」

就在這人還在自已我介紹時，第一個刺客手上的三條鎖鏈，已經以偷襲方式從後纏上了琴的脖子。

三條鎖鏈如同毒蛇快速盤繞琴的脖子，然後猛力縮緊，眼看就要將琴那纖細的脖子整個擰斷。

但琴卻沒有一絲驚惶神情。

「一開始看到這三條鎖鏈，我還有點擔心，實際一接觸，我就確定了。」琴閉著眼，「這是以A級陰獸鎖鏈蛇的脊椎所製成的兵器吧？」

「什麼？」第一個刺客臉上透露出古怪，因為他發現，他手上的鎖鏈竟然停止了扭動。

這是怎麼回事？琴做了什麼？

「你一定想知道我幹了什麼事吧？」琴一手抓住鎖鏈，回頭，露出她調皮且自信的笑容。「因為我在道幫時親手包裝過一件兵器，它叫做『洗命』，你知道，它可是有十三條鎖鏈呢。」

「洗命！」這個刺客臉色驟變，他當然聽過洗命，這是政府的酷刑王天刑的招牌兵器。

「你就少少的三條鎖鏈，根本就是小菜一碟！」琴手一扯鎖鏈，手心電光閃爍，剛剛還威武詭異的鎖鏈，竟然就在她手上炸成數十塊碎片。

在琴可愛的少女笑容中，此景不只美麗，而且殘暴。

「啊啊啊啊。」第一個刺客見狀，急忙後退，但琴一個轉身，以快到肉眼無法分辨的速度，來到第一個刺客面前。

然後，琴氣沉丹田，腳呈馬步，右掌如電，已然印在刺客胸口。

「教你一件事，我能這麼快，是因為我有電偶能力。」

雄厚電流瞬間透過琴的手掌灌入刺客胸口，刺客發出一聲哀號，頓時飛出海龜計程車之外，掉到底下的寬闊大海。

而就在琴擊退第一個刺客的同時，第二個刺客也出手了，他雙手快速來回擺動，數十枚黑色小刀，如滿天花雨般灑向了琴。

「剛剛是洗命，這次換成……『黑色飛矛』嗎？這也是我在道幫包裝過的寶貝喔。」琴回頭甜笑，迷人又可愛，同時間，她快速運轉身體電能，將電能化成電波往外擴散。

電波有如雷達，精準地捕捉了每把飛刀的位置，在琴眼中，前方的畫面像是被標上了縱橫直線的座標圖，而黑刀軌跡就在座標圖內被清楚呈現，琴更運起電偶能力，化身輕巧蝴蝶，自在穿梭在滿天花雨般的黑刀群中。

等到第二個刺客黑刀射完，他才發現一刀都沒有射中琴，而琴已經站在他面前，僅僅五十公分的前方。

「妳究竟，究竟……」第二個刺客才叫到一半，琴的右掌，已經橫擊刺客的胸口，電光炸裂中，第二個刺客也滾落了海龜身上，撲通一聲掉入了海裡。

「這是我的第二招，電感。」琴身子探出海龜，對著海底喊著。「啊，我好像太晚說了，你在海底還聽得到嗎？」

就在琴低頭看向海洋時，她腦門後方傳來了風聲。

那是數十枚滾動球體，同時朝向她扔來的尖銳風聲。

「第三位，我知道你這武器，這是『樂樂球』。」琴回頭，「我在道幫的第一天，就包了上千顆樂樂球，累死我這個新人嘍。」

「妳連樂樂球都知道？妳到底是？」第三個刺客吃驚之時，第四個刺客也同時出手了，他們要聯手出擊了。

他開始舞動他的寬大袖子，隨著他不斷舞動，袖口不斷噴出透明但惡臭的液體，不用說，這液體肯定帶著腐肉裂骨的毒性。

滿天滾動的樂樂球與鋪天蓋地的毒液，讓琴就算想躲，也無處可躲。

「喂。」這時，正坐在涼椅上喝著啤酒的莫言開口了。「這毒液叫做毒溶酸，是百大陰獸排行九十六的『舞弊水母』的毒，雖不及五毒猛烈，但也是一沾斃命，小心點啊。」

「一沾斃命？老是用這麼誇張的詞，幹嘛，嚇人喔。」

「如果要我幫妳可以，喊一聲就好。」莫言淡然一笑，啜了一口啤酒。

「才不要。」琴專注的看著眼前，多到足以遮蔽視線的毒溶酸和樂樂球，她嘴角揚起，似乎有了對策。

她胸膛挺起，左手往前，右手往後拉，正是她最得意一招，握弓拉弦之勢。

「這時候就要出大菜啦！看我琴最強一招！」琴專注眼神中，右手指尖鬆開。「電箭。」

一把由弓形成的能量綠色電箭，就這樣以琴的右手指尖為起點，畫出一條乾淨俐落的直線。

綠色直線，飛入眼前漫天而來的毒溶酸之中。

「當年我在道幫時，也包裝過毒溶酸，我對它的特性可是所知甚詳，它是液體，液體就會導電。」當綠色電箭碰到了第一滴毒溶酸，綠色電能往外炸開。

往外炸開的綠電，快速碰到第二滴毒溶酸，然後又繼續往外散開，碰到第三滴毒溶酸、第四滴毒溶酸、第五滴、第六滴……

剎那間，綠色電箭擴張成一大片燦爛的綠色電網，把所有的毒溶酸全部都連接在一起。

「電能生熱，就這樣，把毒溶酸徹底蒸發吧。」琴帥氣的挺直身子，同時手打了一個響指。

眼前綠色電網，美麗而燦爛，發出滋滋聲，同時間冒出蒸氣。

當蒸氣散開時……所有的毒溶酸，就這樣被化成了無害的蒸氣，化成此刻海面上一陣寂寞的風了。

當使出毒溶酸的刺客呆愣之際，一旁的刺客則發出低吼。「別太得意，還有樂樂球！妳蒸發得了毒溶酸，看妳怎麼破解樂樂球？」

「樂樂球？」琴淡然一笑，這可是她在道幫包裝部門裡，最深刻的回憶之一啊。

只見琴只是露出微笑，伸出手，就抓住了第一顆樂樂球。

「笨蛋！妳這笨蛋！只要一碰到樂樂球，裡面古怪的東西就會爆開，有的是吃了上百份夜市臭豆腐泡菜臭魚後的嘔吐物，有的是會讓人凍到手指截肢的西伯利亞冷空氣，有的是老太婆穿了七十年都沒有洗過的襪子，樂樂球最可怕的，就是沒人知道裡面包了什麼啊！」

但，奇怪的事情發生了，樂樂球確實碰到了琴，但，球卻沒有爆開。

只見球體滑溜溜的在琴的掌心滾著，沒有爆，就是沒有爆。

「教你一個乖，『樂樂球』就是道幫包裝部門第一課。」琴開始伸手，將滿天的樂樂球一個一個接回來，然後，順手丟回給了這個刺客。「樂樂球會因為重壓而炸裂，所以要包裝它，就要懂得輕輕來。」

「丟，丟回來了？不要！不要！」刺客尖叫，慌張地伸手要撥開，但他的指尖才碰到樂樂球，砰的一聲，樂樂球的外殼就這樣碎裂開來。

就這樣，是七十年都沒洗的老太婆襪子，就這樣噗的一聲，掉在他的臉上。

沒有任何實質攻擊力，只有浸濡了七十年的腳掌臭味，滲入了刺客的臉，只聽到他發出一聲宛如墮入地獄深處的慘烈哀號，直接從海龜計程車上往海底跳了下去。

他奮力一跳的模樣，著實讓人搞不清楚，他到底是要逃走還是自殺？

而剛剛毒溶酸的刺客也被另外一顆樂樂球扔到，樂樂球爆開，裡面是亞馬遜叢林中最致命的粗針吸血蚊，上百隻吸血蚊的粗針嗡嗡嗡飛出，黏上了刺客的全身，只聽到他發出劇痛的慘叫，也從海龜上跳了下去，而那群蚊子依然陰魂不散地追著他，一直追到了海底。

「真慘，他顯然忘記陰界的蚊子會潛水啊，逃到水底沒用啊。」莫言在一旁喝了口冰啤酒，輕輕搖頭。

而另一側，琴已經收拾了四個刺客，她傲然而立，看著剩下兩名刺客，然後她將目光移向那位瑟瑟發抖的司機。「那個司機先生，別怕，我們快收拾這些不速之客了。」

司機依然發著抖，只是苦笑的搖頭，因為莫言和琴開的價碼特高，他才願意跑這一趟，沒想到這一路上不斷有人來計程車上作亂，用自己一條命來換一筆高額的旅費，可是超不划算的啊。

「要合作，才有機會殺了這女人！」這時，這兩個刺客互相看了一眼，左右分合進擊，同時攻向了琴。

第一個刺客背上的大背包突然陡然打開，變成八隻有如蜘蛛腳的長鉤爪，鉤爪鋒利危險，朝著琴直戳而來。

「啊，這是『不費力背包』？」琴在道幫確實也看過這背包，背包裡面其實藏著一隻A級陰獸喇牙，喇牙外型酷似陽世的白額高腳蛛，小小的身體但有又長又強壯的八隻腳，如今這八隻腳從背包中伸出，變成了刺客的超級武器。

附帶一提，對當時在道幫仍是新人的琴而言，『不費力背包』可是包裝界的舶來品之一，所以她要到第二年才會包裝到它。

這不費力背包刺客，雙手拿著短刀，配上背後的八爪尖刺，共有十刃揮舞，對琴發動混亂且可怕的猛攻。

琴的道行雖然已經跨入甲級星的領域，但其實仍在成長的階段，面對這種超乎常理的近距離十手戰鬥，讓她顯得左支右絀，找不到破解的方法。

而同時間，第二個刺客也已經攻來，奇怪的是，他外表看來毫無特殊之處，只是不時拿著手上的短刺，趁隙攻擊著琴。

在十手加上一人的圍攻下，琴知道若不快點反擊，只會越來越居劣勢。

「先是電感。」琴將小部分道行以電感方式送出，電感如同雷達，讓琴在這一片眼花撩亂的攻勢之中，捕捉那稍縱即逝的破解瞬間。

「然後是電偶。」

她以電能刺激了全身肌肉，讓自己的速度瞬間提升到陽世奧運選手都欣羨的等級，捕捉到那只有零點零一秒的瞬間，左手雷弦刺青顯現，右手往後拉成長弓。

「最後，則是雷箭。」琴的弓上，已是一把氣勢磅礡的綠色電箭。「去！」

綠色電箭在極短距離射向使用「不費力背包」刺客的十手陣中，砰砰砰砰連續不斷的電光爆裂聲，每一聲爆裂，都是一個蜘蛛爪被電箭炸裂，當聲音到達第十聲，也就是十手同破之時！

「贏！」只是，當琴握拳，準備暢快收下這戰果之時，她卻聽到了莫言的聲音。

莫言，這個自始至終都悠閒在一旁戴墨鏡喝啤酒的男子，開口了。

「要提防！A級陰獸，獨一無二章魚腳，獨一無二章魚腳……」

「什麼獨一無二章魚腳？」琴猛然回頭，她看見了另外一個刺客，也就是身上沒有任何顯著特徵的平凡刺客，此刻張開了嘴。

嘴裡面，以驚人速度竄出了一個柔軟但兇猛的物體。

那是一隻觸手，像是章魚的觸手。

「不過就是一隻A級陰獸，我應付得來……」

「傻女孩。」莫言聲音難得如此急促，「他的攻擊對象，不是妳，是……」

是誰？琴回頭，猛然發現這危險的觸手，攻擊的對象竟然是現場唯一一位，沒有道行與武力的人，司機！

「糟糕！」琴大叫，伸手要阻止章魚腳，但卻慢了一步。

眨眼之間，章魚腳已經到了司機的背後，而司機也在此刻回頭，滿臉驚恐，看著章魚腳的尖端，就要從自己的心臟穿胸而過。

「去！電箭！」琴見到情況危急，已無法拉弓放箭，只能手往前伸，中指和拇指一彈，一支綠色小箭，從掌心激射而出。

但，眼看電箭就要射中章魚觸手之際，牠竟然再次加速，柔軟身體有如彈簧伸長，將電箭甩在後面。

沒追上？

這陰獸章魚腳，就要取下這無辜司機的性命了。

對琴而言，這可不是普通的挫敗，自己受傷被擊敗不打緊，但這次連累到周圍無辜陰魂送命，會是最糟糕的戰果啊。

就在琴欲哭無淚，想再次拉弓試圖彌補之際，忽然，她看見剛剛的綠箭上多了一物，那物體似乎從剛才就抓著電箭一起飛出。

五根指頭，體呈肉色，這是一隻手掌。

地藏的千手觀音之掌！

只見千手觀音之掌乘著電箭飛騰，在最後一刻脫離了電箭，噗的一聲，抓住了前方的章魚觸手。

「漂亮。」

因為地藏之手抓住了章魚腳，章魚腳的速度頓阻，沒有穿入無辜的司機，下一刻，琴的電箭也到了。

綠色電箭帶著琴的憤怒，穿入章魚腳之中，更帶出巨大的能量爆發，轟然一聲，章魚腳已被烤熟，發出誘人的香氣，往地上落去。

而章魚腳還沒落地，就被莫言用手一把抄起。

「獨一無二章魚腳，最有名的不只是牠能神出鬼沒的藏身在其他活體之中，更重要是牠烤熟之後，也是陰界獨一無二的美味。」莫言把章魚腳放進口中，咬了一大口。「配上啤酒，更是人間極品啊。」

「成功。」琴往前兩步，和地藏之手擊掌。

然後她轉過頭，看向龜殼上僅剩的兩個刺客。「怎麼樣，還打嗎？」

「當然……」兩個刺客識相往後退了兩步，然後追隨著他們前面的四個伙伴，跳入海中。「不打啦。」

「所以我贏啦。」琴得意地看著莫言。

「是嗎？我可不這樣認為。」莫言邊吃著章魚腳，一邊搖頭。「妳剛沒注意到刺客把目標轉向司機，對吧？」

「嗯？」

「我想，我們又要丟掉這次去天空殿的車票了。」莫言以下巴比了比前方。

前方那裡，司機已經把海龜轉向，改朝著岸邊前進，嘴裡還不斷碎碎唸著。「不載啦不載啦這樣下去幾條命都不夠賠啊。」

此刻，海龜停回了海邊，而那位從刺客虎口中逃生的普通人司機，此刻正對著琴和莫言，不斷低頭鞠躬。

「很抱歉，雖然感謝兩位救了我的性命，但，但我上有老母，下有妻兒，這趟旅程，我真的無法再當司機了。」

此時此刻，琴、莫言，以及司機正站在海邊，旁邊停著剛剛的海龜計程車，海龜正大口吃著牠的慰勞品，一大盆幽靈海草。

「真的沒辦法嗎？我們可以把這趟旅程的價碼，拉高到五倍……」琴說。

「對不起，就算十倍、二十倍，沒了命也沒辦法花啊。」司機哭喪著臉，「這一路上只要你們一上海龜計程車，刺客也馬上跟著登船，沒人敢接你們的單了。」

「嗯。」琴嘆了口氣。她清楚這一路上的狀況，這些來自政府的刺客，源源不絕地干擾他們，而這一次更可惡，將目標鎖定了普通人司機，害司機差點喪命。

「嘿，司機，你剛剛說，你叫什麼名字嘿？」這時，莫言說話了。

「敝人，敝人叫做老王。」

「老王，這偌大的海邊，上千台海上交通工具，上千名司機。」莫言說，「有沒有誰是最有膽識，敢賺這筆錢的？」

「亡命之徒是有幾個，但我怕不容易。」

「不容易？」莫言皺眉。

「你知道，我們這些在海邊討生活的，背後的靠山是誰？」老王說，「是海幫啊。」

「海幫？」莫言眉毛微微揚起，「你是說，龍池和鳳閣主持的海幫嗎？那又如何呢？」

「既然您知道龍池鳳閣兩位，那您一定聽過道幫大戰吧？那一戰死了不少陰界好手，其中更包括我們海幫的老大龍池。」老王說到這，深深嘆了一口氣。「我見過龍池老大一面，他豪爽大度的模樣仍深留我心，可惜他在道幫大戰中身亡了。」

「嗯，龍池之死，這倒是聽過。」

「龍池死後，由他夫人鳳閣掌權，鳳閣夫人長年位列副幫主，處事公平，做事細心，功夫高強，海幫倒也沒出什麼大問題。」老王說。

「既然如此，那又顧慮什麼？」

「顧慮就是海幫這幾年轉為由夫人掌權，變得無比低調，那種會惹上政府的事，是絕對不會做的。」老王說，「那些亡命之徒就算想接，如果沒有海幫點頭，他們也不敢接。」

「等等，你們龍池大哥死了，鳳閣夫人應該很傷心吧？」琴提出疑問。

「當然啊，聽說這半年，每天早上都可見夫人眼角淚痕。」

「我與鳳閣從未見面，但她能掌控一個大幫，想必是性格剛烈之女，她深愛之人死去，應該會試圖報仇才是。」琴歪頭，「怎麼會反而退縮？」

「這，這我也不知道啊。」老王說，「但幫內氣氛確實是如此啊。」

「嗯。」琴歪著頭，她心想，如果是她自己一定會想辦法狠揍政府幾頓，替龍池報仇吧。

現在的鳳閣之所以選擇低調，是因為想報仇報不了仇？還是真的怕了？

「是啊，對不起。」老王司機再次鞠躬，語氣懇切。「這一次，我們真的幫不了你們，但我發誓我不會把你們的行蹤告訴任何人！賭上我海幫一員的名譽！」

「好，就這樣。」莫言掏出了一張面額上萬的支票，放在老王面前。「拿去吧。」

「這、這，我受之不起。」

「拿吧。」琴說，「剛剛還害你差點送命。」

「好，謝謝，謝謝。」司機老王就這樣邊後退，邊道謝，在沙灘上漸漸遠去，離開了莫言與琴的視線。

琴和莫言離開了海邊，走到了附近的街道上，兩人沉默了一會之後，琴才開口。

「如果沒有海龜計程車等交通工具，我們還有辦法到達天空殿嗎？」

「天空殿深藏在天空深處，是隱匿者的藏身所，會隨著時節和季風改變位置，真要自己去，難度還頗高。」向來自傲的莫言，難得皺眉露出難色。「首先，得抓隻能飛的陰獸。」

「能飛的陰獸？」

「陰界中能飛的陰獸不少，但能飛上高空且還能乘載我們的，就很稀少了。」莫言說，「我想，至少也得是A級陰獸等級才行，像是當時我們在風堡上遇到的『風魟』，厲害一點的就是百大陰獸的『穿風獸．紙飛機』等等……」

「說到會飛的陰獸，」聽到會飛的陰獸，琴被引起了興趣。「最厲害的是哪一隻呢？」

「這還用說？當然是十二大陰獸之一的……雷后鳳凰啊！」莫言一聽到琴討論陰獸，眉毛一揚。

「雷后鳳凰？」琴興趣更高了。「和我一樣是電技能嗎？」

「當然，因為牠就是武曲的專屬陰獸啊。」莫言說到這，嘴角微微上揚，語氣透露出淡淡的嚮往與懷念。「雷后鳳凰，絕對是天空上的王者。」

「哇。」琴彷彿被莫言所感染，「好帥，當時十字幫時代，武曲就駕著鳳凰到處飛嗎？」

「偶爾啦，武曲很喜歡親近普通陰魂，所以多半以步行取代飛行，不過遇到戰況緊急時，她會跳上鳳凰，兩者一旦合作，破壞力可是很嚇人的。」莫言聲音高昂起來，「如果又和破軍與嘯風犬合作，兩人雙獸，萬丈狂電加上極速暴風……哪怕是政府的十四殿，他們都能直接衝進去。」

「武曲和破軍合作起來這麼厲害啊！」琴歪著頭，「那，為什麼他們後來不合作了？」

「為什麼啊……」莫言安靜下來了，只是抬起頭，墨鏡下的雙眼，不知道凝視著何處？

「莫言？」

「這故事，也許只能問武曲自己了吧。」

「啊？」

「哪天妳真的找齊聖．黃金炒飯的材料，獲得記憶風鈴的認同，再問問武曲吧。」

莫言淡然一笑，「武曲，這任性到骨子裡的女孩，到底怎麼想的？」

「嗯。」琴隱隱了解了莫言想說的，這就是武曲，驕傲、任性，又如此迷人的武曲。她的故事到底是什麼呢？

「對了。」莫言像是想到什麼似的，語氣輕鬆地說。「我們被跟蹤了。」

「跟蹤？」琴猛然回頭。

「妳回頭的動作太明顯了啦。」莫言雙手插在口袋裡。「一，二，三，四……十個。這次人數又更多了，真是的人多就會好辦事嗎？笨蛋。看樣子政府的刺客正在不斷趕來，我們遇到的陣仗會越來越大。」

「嗯，十個嗎？我也不怕。」琴想起了之前差點害海龜司機喪命的事情，「只要不用擔心傷及無辜，根本不算什麼。」

「那，我們就在前面街的轉角口，那裡有條暗巷，幫那些刺客弄一個方便動手的環境……」

「方便動手？」

「是啊，既方便『他們』動手，肯定也會方便……」莫言單邊嘴角揚起，這是極惡神偷的邪惡表情。「『我們』自己動手啊。」

當莫言話一說完，兩人默契十足的同時邁開了腳步，速度陡然加快。

前進時，莫言將收納袋包覆在腳上，此舉可大幅減低雙腳與地面的摩擦力，同時他雙手負在腰後，身體前傾，姿態如奧運滑冰選手般優雅快速，穿過街道，朝暗巷前去。

而琴呢？她再次使用電偶的力量，讓雙腳肌肉爆發，長髮飄飄，如同一隻姿態優美的修長獵豹，低身跑過過熙熙攘攘的街道，緊跟在莫言之後。

一人如滑冰一人如獵豹，兩人同時加速，立刻讓緊跟在後的刺客們慌了手腳，他們顧不得隱藏身形，紛紛從人群中跳出，邁步追去。

只是莫言和琴的速度好快，而且默契十足，一個往右一個往左，在人群中高速悠遊前進，然後，突然一個轉彎。

兩人同時消失在街道盡頭的暗巷裡。

「追進去！」十個刺客中一個身材最矮小的老人，似乎就是領袖，他發號施令。

刺客一聽紛紛跳進暗巷中，只是，他們不知道的是，當他們一跨入這無人暗巷，將是一場惡夢的開始。

第一個刺客，率先消失在眾人視線中。

因為他瞬間縮小，然後被包入了收納袋裡。

第二個刺客才訝異發現伙伴消失，身體就中了一箭，這箭看似威力一般，刺客感覺卻像是與火車正面對撞，發出慘烈大吼，全身骨頭塊塊裂開，直直地往後飛去。

「停停停！」老人見狀，放聲急喊。「不要再衝進去了！」

只是，當第三個刺客緊急踩了煞車，止住了腳步，怪事卻發生了。

在隊伍中排在最後一位的第十個刺客，突然發出了一聲哀號。

只見他騰空飛起，飛起時口中猛噴鮮血，像是被某隻野獸攻擊，連防禦的機會都沒有，就這樣被丟上了天空。

看見第十個刺客被打飛，連莫言和琴都咦了一聲，他們互望一眼，都在對方眼中找到了疑惑。

還有高手蒞臨？是誰？

第十位刺客哀號聲未歇，又是一聲刺客慘叫，第九個刺客倉皇後退，臉上滿是抓痕，像是被某種擅長以爪為武器的猛獸所突襲。

那刺客首領見狀，急忙大叫。「這兩個傢伙有幫手！而且他是從背後來偷襲我們！老八、老七、老六、老五聯手對付那神秘客，咱們殺手樓十人眾一同出手，可別在這裡栽了跟斗！」

只見四個刺客聽到老人喊聲，頓時甩動手上的奇形兵器，滿是尖刺的仙人掌，會張嘴吞食生物的狂亂小籠包，又黑又硬又過期的超大嘉義方塊酥，全身長滿泡泡的米齊林寶寶。

看似可怕，但他們卻在短短十秒內，被全部打飛。

仙人掌碎裂，爆出裡面鮮嫩汁液。

小籠包被打到爆漿，不管十八折，還是三十六折，全部變成一折，就是沒輒。

大黑硬的嘉義方塊酥，被打成千百塊，真的酥到底了。

最後，滿是泡泡的米齊林寶寶，砰砰砰砰，全身的泡泡全部被刺破，只是大家卻沒有因此而憤怒，反而舒展了眉宇，因為刺破泡泡這件事實在太紓壓了。

「這神秘客使的是什麼拳法？」刺客們紛紛後退，邊退邊叫。「我們好像被一大群猛獸攻擊！」

只是當刺客被神秘客打得往暗巷內部擠去，他們卻忘記了原本的暗巷中，其實有著兩個更危險的對手。

「喂！」莫言微笑，「你們好像忘記，暗巷裡面是我們了耶。」

「對啊，得電電他們一下嘍。」琴一笑。

「啊？電？」刺客們猛然回頭，眼前陡然一大片綠色電光籠罩。

轟！

琴的電掌自由揮灑，夾著七色閃電中第四階的綠色電能，頓時轟暈了排行老四的刺客。

「啊下手太快，這樣作者沒時間介紹他的奇形兵器。」

「反正作者的瞎掰能力也快用完了。」莫言大笑，手上收納袋再次開闔，像是河馬大口哈的一聲，吞掉了排行老三的刺客。

下一刻，神秘客也追上了排行第二的刺客，如同猛獸的拳法，眨眼間在第二名刺客身上，打下七七四十九拳。

拳雖快，但精準且確實，轟得第二名刺客衣衫全部碎裂，飛過半條暗巷，不偏不倚朝莫言直撞而去。

「喔，想試試看我能否接下嗎？有趣。」莫言眉毛微微上揚，原本用收納袋就可輕易將這老二刺客收入其中，他卻捨棄收納袋不用，雙手緩緩朝前。

他想要硬接這老二刺客的身軀？

砰的一聲悶響，莫言雙掌托住了老二刺客的背，一陣強大綿延的力量，頓時從刺客的背部傳來。

「藏著暗勁嗎？」

只見這力量，順著手臂蜿蜒而上，氣勁刁鑽而強韌，就要破入莫言的胸口，若是讓這氣勁爬上心臟處，恐怕不死也重傷。

「好。」莫言冷笑，鼓動道行，同時間他雙臂出現一圈圈收納袋，收納袋高速扭轉，扭轉方向剛好與氣勁反向。

啪嗒啪嗒啪嗒數十聲響過去，氣勁的力量就被收納袋完全抵銷。

「這氣勁既渾厚又古怪，讓我想起陰界最強的四大拳法之一。」莫言往前跨了一步，同時間他手心射出收納袋，收納如透明長鞭，快速捆住最後一位刺客，也就是那位老人。

莫言右手握住收納袋，一拉一甩，竟然把那個老人當成一個活兵器，朝神秘客扔了過去。

「等等等等，我我，我年紀一把了，不適合當兵器使啊。」老人尖銳地叫著。

「你年紀一把了，還可以指揮刺客作戰，想必有過人能耐，別謙虛啦。」莫言冷笑，繼續把老人甩向神秘客。

神秘客也在此刻顯露了模樣，他身材並不高大，全身罩在深紅的斗篷下，右腳微往前踏，左腳後收，胸膛挺直，雙拳交錯，這正是武者姿態。

見到老人飛來，深紅斗篷下的臉，露出一抹微笑，往前踏了一步，氣勢如淵，右拳筆直，擊中了飛過來的老人刺客。

這一拳和剛剛七七四十九快拳截然不同，這一拳兼具剛直與柔軟，精準中帶著霸氣，這是非常平衡的一拳。

平衡的一拳打中老人，老人身體被拳勁帶著高速轉動起來，而且這次轉到的對象竟不是莫言，而是在空中拐了一個彎，來到琴的面前。

「喂，姑娘。」莫言見狀也不心急，反而將雙手插回了口袋。「他要試試妳的斤兩，接好一點，別丟臉了。」

「哼，臭莫言，算準你肯定又要袖手旁觀。」琴抬頭注視著眼前這不斷高速旋轉的老人，腦袋則不斷思考著。

在陰界，想像力就是技，而戰鬥對決之中，技的變化就是轉敗為勝的時機。

「啊啊啊啊啊。」老人的聲音混在高速轉動的聲音裡，「我我我年年年紀紀紀一一一大大大把把把了了了，真真真的的的不不不能能能轉轉轉轉轉轉了了了。」

「不想轉，就不要帶人來暗殺我們啊。」琴出招了，她挺起胸膛，彎弓搭箭，手上的綠箭咻然射向刺客老人。

「不不不要要要殺殺殺我我我。」此刻老人慘叫到一半，忽然發現，竟然沒有半點痛感。

因為這箭並沒有射中老人，反而以極度精巧的角度，切入高速轉動的老人的衣角，並以電能製造出摩擦力，減緩了老人的轉速。

「太太好好了了，姑姑娘娘妳妳人人真真好好。」在空中的刺客老人轉速變慢，他講話也稍微正常了，從三個疊字變成了兩個疊字

但老人才稍微喘口氣，那穿著深紅斗篷的神秘客，竟然一個縱躍，拳頭高舉，再次朝著刺客老人打了一拳。

這一拳下去，平衡且精準，雖然沒有傷到刺客老人，卻聽到刺客老人再次發出哀

號。

「怎怎怎怎麼麼麼麼轉轉轉轉速速速速又又又又加加加加快快快快了了了了。」老人慘叫，「這這這這樣樣樣樣下下下去去去去，你你你你們們們們就就就就會會會會看看看看到到到到我我我我吃吃吃吃下下下下去去去去的的的的早早早早餐餐餐餐了了了了啊啊啊啊。」

這樣下去，你們就會看到我吃下去的早餐了啊。

「要來拚嗎？」琴看著不斷在空中轉動的刺客老人，她眼睛瞇起，再次拉起雷弦，綠箭射出，而且這次她不再只發一箭，她快速手拉手放，咻咻咻咻，綠箭如子彈般從她的長弓中不斷射出。

每一箭都沒有傷到刺客老人，每一箭都完美的擦過老人的身軀邊緣，就這樣精準地將轉速再次降低。

「謝謝謝謝，我我差差點點就就要要把把早早餐餐吐吐出出來來了了。」

但同時間，深紅斗篷的神秘客則不斷追擊，每次琴的電箭減緩了刺客老人的轉速，他就補上一拳，讓速度再次加快。

而就在雙方僵持了數分鐘後，老人再次大叫。

「真真真真的的的的不不不不行行行行了了了了，我我我我忍忍忍忍不不不不住住住住啦啦啦啦，答答答案案案案揭揭揭揭曉曉曉曉！」老人在空中張口嘔吐，一團物品順著旋轉而出。

答案很明顯，是陰界專屬陰魂培根蛋吐司配上殭屍奶茶。

因為這一吐，吐的是天空滿天花雨，生性愛乾淨的琴尖叫一聲，立刻跳開撒手，而對方似乎也是同樣心意，急急往後一跳。

但他似乎沒有放棄的打算，身體一縱，躍過老人刺客與他身上旋轉飛濺的早餐，直接揮拳對琴攻來。

「還不放棄？你到底是誰啦？」琴大叫，對方拳速又變，又快又刁鑽，短短十幾招，就讓只靠電偶強化體能的琴，被打得連退十餘步。

這深紅斗篷神秘客拳法高絕，其中更帶著蠻橫獸性，把琴打得異常狼狽，琴幾次想要使出電箭逆轉戰局，都被對方靈巧的拳法打斷，雷弦始終使不出來。

當琴被打到了暗巷底，已無退路之際，她終於忍不住大叫。「臭莫言，笨莫言！你是要袖手旁觀到什麼時候啦！」

「當然不用我插手嘿。」莫言依然一副好整以暇的模樣，「這人若要傷妳，剛在第十六招、第三十四，以及六十九招，都可以把妳打得重傷半殘，但他都沒有下重手。」

「所以呢？」琴叫著，「你就這樣在一旁看戲嗎？」

「呵，此時拳法靈巧如潑猴爬樹，剛剛拳法平衡如龍騰天際，是否就是四獸拳中的『龍拳』與『猴拳』呢？」莫言語氣雖淡，但低沉聲音卻傳遍了整個暗巷。「若我有說錯，請不吝指正，神秘客。」

龍拳與猴拳？

這一剎那，深紅神秘客停止了動作，一個漂亮的轉身，轉而攻向莫言。

「試完了琴，要試試我的斤兩？」莫言大笑，雙手出現了重重疊疊的收納袋。「可惜，四獸拳若是湊齊，確實是陰界一大絕技，但如今妳只有兩套拳法，其不足之處再明顯不過了。」

大笑間，莫言手上的收納袋已然猛力射出。

飛行間，收納袋尖端不斷扭轉，扭成有如矛尖的長兵器，筆直地插向深紅神秘客。

這一次，莫言用上了十五個收納袋，已是他的五成功力，表示莫言打算不再留手，要將這深紅神秘客一舉擊敗。

不過深紅神秘客卻依然維持同樣武者姿勢，直到收納袋長矛來到他胸口十公分處，他雙拳才做出反應，動作看似緩慢，但卻自成一種千軍萬馬皆無法攻破之固若金湯格局。

然後，收納袋長矛到了。

鏘的一聲。

深紅神秘客的雙拳往內一夾！鋒利，強橫，奪命，用上莫言五成功力的收納袋之矛，竟然就被雙拳夾住，就這樣無法動彈，完完全全擋了下來。

「嘿。」莫言目露激賞，「這不是猴拳，這不是龍拳，這是第三套，豚拳！四獸拳失散多年，竟然有人能同使三套？」

「呼。」深紅神秘客冷笑，他破除莫言攻擊之後，立刻逆勢而來，眨眼就逼到莫言的正前方。

然後，深紅神秘客雙拳一上一下，上拳如龍口，下拳如猴爪，殺意凌厲地攻向了莫言。

而面對凌厲攻勢，莫言不怒反笑，高舉右手，手心朝下用力往下一抖，如同魔術師般，手心抖落一張巨大收納袋，剛好擋在雙拳之前。

收納袋被深紅神秘客雙拳猛力轟中，頓時膨脹碎裂，但當碎片飄然落下，莫言身影卻已經消失了。

「消失？魔術師？」深紅斗篷神秘客一驚回頭，卻見莫言已然站在自己身後，他雙手插在口袋中，昂頭而立。

「……」

「能同時學上龍拳、猴拳，加上豚拳的人物，綜觀偌大陰界，也只有那麼一人。」

「統御三百公里海岸線的至尊女王，或我該稱呼妳……」莫言眼神銳利，「海幫幫主，鳳閣。」

統御三百公里海岸線的至尊女王，海幫幫主，鳳閣。

「嗯，不愧是神偷莫言，被你猜出來了。」

只見她用雙手拉住斗篷帽子，一掀而起，也露出了她的真面目。

長髮，眼睛明亮且大，高挺的鼻梁，是一個帶著異國風味且有著尊貴氣質的美女。

只是若往細部看去，可見她眼角帶著經歷風霜的淺魚尾紋，而且眼眸深處有著一抹鬱藍，那是傷過心的人才有的烙印。

「妳果然是女生！難怪剛剛聽妳的聲音……」琴說，「鳳閣妳好，我叫做琴。」

「我知道妳。」鳳閣看著琴，也看著莫言，眼神移動間帶著一股尊貴氣質，這是她統領海幫自然而然生成的魄力。「不瞞妳說，我是來試妳的。」

「試我？」

「觀看如今天下大勢，僧幫被滅，道幫被奪，紅樓與政府沆瀣一氣。」鳳閣說著，「但卻聽說有一人經歷過道幫淬鍊，更從僧幫大戰中死裡逃生，連政府都派出旗下最可怕的殺手團五暗星沿路追殺，卻始終沒能殺死那個人。」

「沒殺死那個人？那指的是……」琴聽到這，嘴巴因為吃驚而微微張開，轉頭看向莫言。「是指，我嗎？」

「嘿，妳竟然自己不知道？妳的人頭在政府可是很值錢的。」莫言笑得很開心，也帶了點邪惡。「所以保護妳很辛苦，妳知道嗎？」

「哼，每次都袖手旁觀，哪有保護我！」琴哼了一聲，把目光轉向鳳閣。

這個剛剛才展現驚人武力，又是海幫掌門之人，以她身分地位，為何獨自一人來到暗巷測試琴？

「我來試妳，看江湖是否言過其實？」鳳閣看著琴，「剛剛短暫交手，妳確實有獨到之處，而妳的伙伴，神偷莫言，確實也是甲級星的佼佼者。」

「那換我問妳，妳為何要試我們？」琴雙手扠腰，「妳憑什麼？」

「很好，很潑辣，讓我想起年輕的時候。」鳳閣淡淡一笑，「我想知道，你們是否夠資格接受我的委託。」

「接受妳的委託？」琴一愣，「妳要委託什麼？」

「是的，我委託的東西，是一套拳法。」鳳閣一字一字慢慢地說著，「四獸拳的最後一套，虎拳。」

虎拳！

四獸拳中最後一套拳譜？！

「妳要虎拳？哈。」這時，莫言冷笑一聲，「妳可知道虎拳在哪嗎？那可是在紅樓天姚手上！」

「我當然知道，天姚位列乙級星，更是紅樓僅次於廉貞的第二把交椅，如今紅樓受政府重用，氣勢可說是如日中天。」鳳閣說，「要從她手上拿到虎拳拳譜，肯定不易。」

「別說不易，肯定少不了一場惡戰啊，哈。」莫言扶了扶墨鏡，「那妳打算拿什麼來支付這次委託？總不會是我們的命吧？要殺我，妳恐怕不夠格喔。」

「我知道這委託的難度，報酬自然不會少。」鳳閣淡淡一笑，手往前伸，打開了手掌。

竟是一縷白煙。

奇妙的是，白煙聚而不散，在她掌心飄浮著。

就在琴看得是一頭霧水之際，莫言卻已經開口了。「嘿，這是『天空土』啊。」

「天空土？」琴回頭看向莫言，這是什麼新語詞？天空中哪裡會有土？

「天空土，就是天空殿的土，也是天空殿之所以能千年懸浮於天際而不墜地的秘密。」莫言眼睛瞇起，看著鳳閣。

「所以？」琴瞬間懂了，「報酬就是，鳳閣，妳會帶我們去天空殿？」

「正是。」鳳閣點頭，帶著微笑看著琴。「怎麼樣？要嗎？我可以帶你們上天空殿，只要你們願意幫我取得『虎拳』拳譜。」

這時，琴看向莫言，莫言淡然一笑，顯然要琴自己做決定，而琴幾乎在當下就脫口而出。

「要！鳳闍請妳帶我們上天空殿。」琴聲音裡透著興奮，「就請海幫幫主，親自駕駛飛行交通工具，帶我們上天空殿吧！」

第二章．怪人，怪事，怪植物

陽世。

最近，小靜覺得心裡發慌。

發慌的原因，是因為自從歌唱比賽結束後，她原本預期會迎向忙碌的生活，但事實上卻是異常的清閒。

明明歌唱比賽創下有史以來最佳的收視率，小靜也擊敗了森林王子阿山，成為僅次於蓉蓉的亞軍，但她卻幾乎沒有接到任何的後續邀約，她的行事曆是一片令人心慌的空白。

小靜不是一個追求虛華的女孩，也不求大紅大紫，但她也知道這樣下去，可能會不太妙，因為她少少的存款正在逐漸探底，遲早會無法支持她小小的歌唱夢想。

相較於歌唱比賽冠軍的蓉蓉，如今已經成為各大歌唱綜藝節目的常客，她那專屬於夜晚的低沉嗓音，每當她一開口唱歌，就像是醇厚美酒流淌過聽眾的心，讓每人都得到短暫而美好的心靈休憩，讓她得以快速竄紅。

不只如此，她的第一張專輯已經在熱烈籌備中，因為行程太過忙碌，與小靜同住的蓉蓉，每日回家的時間變得很晚，常常小靜已經睡著，才聽到蓉蓉小心翼翼進門的聲音，洗澡，卸妝，盥洗，然後第二天，當小靜起床，才發現蓉蓉又出門了。

但，蓉蓉還是會很貼心地留下一張紙條。「嗨，我今天要去參加鐵哥的節目，會遇到大明星華仔喔，我會幫妳要一張簽名，還有，早餐我有多買，放餐桌上。」

看到蓉蓉如此充實又有趣的生活，小靜只能輕輕嘆氣，然後開始思考如何打發這一天。

歌唱比賽之後變得忙碌的人不只是蓉蓉，第三名阿山也開始活躍於歌壇，阿山的歌喉是屬於原野山林的，那是能在山間迴盪不絕的清亮嗓音，他不只在各大節目被注目，近期他更與幾個志同道合的歌手合體組團，團名就是阿山的成名曲〈松鼠〉。

松鼠的第一張專輯，也在王牌製作人強哥的強力推動下，逐漸成形，可以感覺到他正邁向一片光明熱烈的未來。

不只是阿山而已，就連第四名超會跳舞的周壁陽，也在五花八門的演藝圈中找到了一席之地，他參加跳舞比賽，搖動他最招牌的翹屁股，甚至奪下冠軍，他另外也加入體育類的綜藝活動，更以他驚人的身體素質，成為該綜藝活動的固定班底。

更神奇的事情還有，「搖屁股臭屁王」這綽號，還是現今國中與高中女生的熱搜首選，她們成為了粉絲，追逐著周壁陽。

按照這群女生的說法，現在男生除了帥，體能好，還要夠好笑。

而周壁陽就算不想承認，他那與生俱來莫名其妙的喜感，就像他的名字臭屁王一樣，洋溢在他的舉手投足之間。

在歌唱之路上大展身手的「夜之女王」蓉蓉、找到熱情與定位的「山中王子」阿山，以及可能成為一線偶像的「搖屁股臭屁王」周壁陽，當時與小靜共同比賽的伙伴們，如今都以歌唱比賽為基石，在他們人生的舞台大放異彩。

但，「海之聲」小靜呢？

她面對的，只有手機行事曆上一整片令人心慌的空白！

沒有簡訊，沒有邀約，沒有聲音，沒有迴響，小靜感覺到自己像是那在夜晚獨自唱著〈夜雪〉女子，正一步一步踩入無聲黑暗的湖泊中。

對於小靜沉寂這件事，對蓉蓉等人而言，也感到不可思議！小靜的唱歌這麼有魅力，為什麼會完全沒有邀約？

蓉蓉經常透過經紀人向製作單位推薦小靜，但經常是明明就談好了，第二天睡一覺作一場夢後，製作單位就突然拒絕了，也讓小靜的希望因此落空。

不只蓉蓉，周壁陽也是重情重義的漢子，他有空就想拉小靜出來，一起上節目，參加綜藝比賽，但結果也和蓉蓉相同，所有機會一遇到小靜就會自動消失。

後來連阿山、鐵姑、強哥這些人都想幫忙，但就是找不到讓小靜上台的機會。

有的製作人說：「我記得〈夜雪〉啊，很好聽，對，但你知道我們節目是做熱鬧開心的，〈夜雪〉太悲傷了，調性不合啊。」

有的電視台說：「真抱歉啊鐵姑，我們歌唱節目的最後一個人有內定了，妳問誰內定的？妳知道我不好講啦，不是不是，不是瞧不起妳鐵姑，就是那個人佔了我們廣告收益百分之六十，我們不得不低頭啊。」

到後來，甚至有人說：「小靜？小靜是誰？那次歌唱比賽不就三個嗎？夜之女王、山林王子，還有那個明明長得很帥，但莫名就是很好笑的臭屁王？什麼？還有一個？騙人的吧。」

「『海之聲』？哪有這個選手？〈夜雪〉的演唱者？那不是蓉蓉嗎？對對，妳聽過蓉蓉的新專輯嗎？有夠好聽的！蓉蓉將來一定會成為橫掃唱片界的歌手，至於妳說的那個『海之聲』？沒聽過啦。」

每一個人，都是在一個夜晚，一場夢境後，突然排斥或遺忘了小靜，讓小靜一次次失去了機會。

後來為了維持生活，小靜開始找打工，但古怪的是，連找打工這件事，她都連續碰壁碰得莫名其妙。

便利商店、咖啡廳、書店店員、發傳單、餐廳服務生，全部都拒絕了小靜，而且對方通常一開始喜歡小靜的細心與談吐，但第二天一睡醒，就全打電話拒絕了。

最後，小靜總算找到了一家麵包店，店主是一個中年男子，名叫萊恩，麵包店裡面賣著各種稀奇古怪，荒誕不經的麵包，例如一款名叫「七殺刃」的麵包，其外型和尺寸竟然都和真刀一模一樣！

小靜真心感謝萊恩，尤其是她已經被拒絕了這麼多次，只有這個叫做萊恩的麵包店老闆，他二話不說接受了小靜，他還跟小靜說過一段令人費解的話。

「我跟妳說，我的夢境不是那些十隻猴子的小咖混得進來的啦，妳放心在我這打工吧，我罩妳。」

夢境？混進來？

小靜皺眉，這些日子的辛苦，與夢有關嗎？

她確實經歷過一些古怪且可怕的夢，那個鮮明到幾乎成真的鮮血與殺手，甚至差點在夢中奪去小靜的生命。

這時，麵包店老闆萊恩又說了。「雖然我真的很喜歡妳在我店裡打工，但我覺得，如果妳真的走投無路，可以再試著找……那個人。」

「找誰？」

「妳不是早就知道了嗎？就是那個人啊，很有辦法的那個人啊！」萊恩繼續笑著，「對啦，最近除了七殺刃麵包，我們還打算推出另外九種經典麵包，『破軍之矛』外型像一把矛，裡面包黑旋風葡萄乾，『雷弦』做成弓形，要放會讓人舌頭觸電的辣椒，『菩提九珠』就是九顆圓麵包，但九顆圓麵包我打算照著九大行星的形象來做，對了，我還想做一個……『紫微劍』麵包，這款傳奇麵包消失很久，我打算做出皇氣四溢，君臨天下的感覺。」

「一般麵包店，會賣這種麵包嗎？」小靜歪頭，「根本就是古兵器店啊。」

「沒辦法啊，問題在我們的麵包師傅啊，一般麵包他做不出來，就只會做這種麵包啊，噓……這句話不能講太大聲，我怕他聽了會生氣。」萊恩小聲的說，「他老是用大鐵鎚在捶麵包，連我看了都會怕。」

「嗯嗯。」小靜想起那麵包師傅的樣子，長長的白鬍鬚，深沉銳利的眼睛，確實不像麵包師傅，而像是鑄劍師，不過小靜很喜歡這位麵包師傅就是了。

「記得啊，如果真的又遇到夢的問題。」萊恩吹著口哨，朝著麵包店的後方烤爐前進，似乎打算把他的點子和那白鬍麵包師傅討論。「小靜，去找『那個人』就對了。」

找『那個人』嗎？

小靜所認識，最有辦法的一個人……不就是她嗎？

小靜猜想那個人應該很忙，因為那個人是小靜所看過，最年輕就創造最多財富，建立最大事業版圖的女孩。

這一刻，小靜拿起手機，深吸一口氣，按下了撥出鍵。

關於夢的事情，可以找妳幫忙嗎？

琴學姐的最好朋友。

小風學姐。

陰界。

海邊，這是與鳳閣約定之地，時序已經進入夜晚。

「為什麼要約晚上啊？」琴看著海濱的夜晚，夜之海與日之海相比，有著截然不同的風情。

白日的海，絢麗陽光照射在波浪海面，反射出七彩色芒，那是會讓人想喝著啤酒開懷唱歌的湛藍之海。

而晚上的海，深沉如墨，星光下，只有翻騰不絕的海濤聲，那是充滿神秘與想像力的闇黑之海。

「也許，鳳閣需要低調吧，畢竟她現在身為海幫之主，若明著幫我們，會連累到數萬名幫眾嘿。」莫言依然一副悠閒瀟灑的姿態。

而在此時，一個聲音傳來，打斷了琴與莫言的對話。

「你說對了一半。」夜晚的沙灘上，那深紅色的斗篷再次出現，此時她斗篷帽子已經放下，那帶著滄桑溫柔的美麗面容，正如此說著。

「喔，那另外一半呢？」琴問。

「因為牠，」鳳閣慢慢往海的方向走去，而同時間，原本只有淺淺海潮的海面，竟也開始翻騰湧動起來。

「因為？」琴也注意海面的異常，露出詫異神情。

下一秒，鳳閣右手高舉向上，食指比向滿是星空的天際。

「出來啊！我的伙伴！」鳳閣聲音高亢，帶著一股凜然威嚴。「深海航天巨鯨！」

也就在這一刻，海面隆起到了極致，嘩啦啦噴湧的海浪中，一隻巨大無比的粉紅色生物從海面出現。

「哇。」琴眼睛睜大。「好大！而且……還是粉紅色的！」

「深海航天巨鯨！」莫言語氣中有著驚嘆，「百大陰獸排行三十五，粉紅色是母獸，深藍色是公獸！牠是陰界目前所知，體型前三大的陰獸。」

「好大！」琴面對這龐然巨獸，她無法判斷這隻巨鯨到底多大？一個足球場？一座巨蛋運動場？甚至是一座小島？

海面不斷升高，已經超過五層樓高，更不斷往上拔升，這隻陰獸到底有多大？

「會選在晚上行動的原因，因為牠是百大陰獸，平素深藏海底，生性不愛爭鬥，所以我們最好選在不受矚目的晚上行動。」鳳閣說，「兩位請準備好。」

「準備好什麼？」琴不解的看著鳳閣，同時間她發現莫言正在轉動脖子，那模樣像是熱身，欸欸等等，他是在熱身什麼？

同時間，海面繼續拔高，已經超過十層樓，巨鯨的體型極限到底在哪裡？

「準備，一，二，三！」鳳閣高聲一喝，這一剎那，巨鯨顯露了完全的身軀。巨大的粉紅色，流線型的身軀，帶起如暴浪般的水流，在這滿是星空的夜晚，牠竟然脫離了大海，震動魚鰭，開始往上飛翔。

而鳳閣從地上躍起，那是最靈巧的猴拳，雙手呈爪，攫住了這巨鯨寬大的鰭，然後被巨鯨帶著往上飛行。

另一頭是莫言，他雙手同時射出一圈圈收納袋，套住了巨鯨另外一側的鰭，鰭擺動間，也將莫言身軀帶起，一起進入了這片無垠夜空。

當鳳閣和莫言都已經上了巨鯨，琴才意識到自己必須想辦法上這頭巨鯨，只聽到她哇哇大叫。

「臭莫言，明明要跳上這巨鯨，為什麼不跟我講一聲啊。」

只見滂沱的水花中，琴把電能運送到雙腳之下，那是「電偶」之力，讓琴擁有優越於常人十倍的跳躍力。

混亂中，她不斷跳著水浪往上，全身濕淋，終於抓住了巨鯨的尾鰭。

但巨鯨的尾鰭擺動，加上巨鯨皮膚滑溜，竟讓琴雙手沒有抓牢，她手一鬆，整個人開始往下滑去。

巨鯨此時已經上升到一千公尺，琴不斷往下滑，她慌亂間雙手運作電能，但巨鯨全身帶水，水將電能往外散去，以致琴始終無法凝聚力量，就這樣琴不斷往下，往空曠大地墜去。

「莫言！」琴在最後指尖離開巨鯨尾巴的瞬間，她放聲大叫。

而就在這一瞬間，她聽到了。

「真麻煩，巨鯨在百大陰獸排行三十五，其強大無庸置疑，加上生性帶水所以剋電，妳怎麼還會想用電來抓住牠啊？」

同時，琴的右手被一圈收納袋捆住，收納袋在她手臂盤桓轉動，牢牢地綁住，一股強韌拉力，帶著琴急速往上拉高。

「你又沒有跟我說？」琴身體被急速拔高，有如騰雲駕霧。「這隻巨鯨這麼厲害？還有水可以剋電？」

莫言繼續拉著，把琴拉上了巨鯨身上，而當琴站定，她只覺得自己站在一大片寬闊滑溜的平地上，這頭巨鯨好大啊。

「嘿，每件事都要說，就不好玩了啊？」莫言又露出帶著邪氣的笑容。

「好玩？」琴跺腳，「你是什麼意思？」

「好好別生氣，我是信任妳啦。」莫言微微一笑。「我跟妳說，這隻巨鯨向來深藏在海底，若不是特殊人物召喚是不會出來的，看到鳳閣能叫出巨鯨，就知道我們前去天空之城絕對沒有問題了。」

「沒有問題？」她疑惑地看著莫言，「可是這巨鯨實在太大，雖然牠也許很強，但目標也太明顯。」

「明顯？」莫言再次笑了，「這妳就是只知其一，不知其二了。」

「咦？」

「接下來，就好好睜大眼睛看清楚嘿。」莫言注視著天空方向，「這隻巨鯨之所以如此難覓的原因了。」

就在琴想要繼續追問，站在巨鯨頭部，引領著巨鯨前進的召喚者，鳳閣開口了。

「注意，巨鯨要吟唱了。」

吟唱？

琴還沒搞懂怎麼回事，只聽到巨鯨發出一聲低頻但深沉的長鳴，其鳴叫響徹整個夜空，有如古老原始之歌，神秘且溫柔，就在琴閉眼享受著此吟唱之時……一件神奇的事發生了，整隻鯨魚竟然開始透明了起來。

隨著連綿不絕的鯨魚低頻吟唱，鯨魚身體越來越透明，幾乎要消失在這夜空之中，不只如此，連同鳳閣、莫言，以及琴自己都跟著透明起來。

最後，當巨鯨吟唱逐漸降低，微弱，直到無聲，牠巨大的身影，也在夜空中完全透明，彷彿不曾出現過。

「我，我消失了？」琴看著周圍的一切，她只覺得自己飄浮在空中，以如同豪華客機的速度往天空上升，周圍的風，沁涼且刺激，讓她忍不住張開了雙手，感受著高空的一切。

「這就是巨鯨的隱形能力嘿。」莫言說，「能夠隱身的陰獸並不多，當然十二陰獸的劇毒隱蝮是最具代表性的一隻，但若論隱形的體積，當然冠軍還是巨鯨莫屬。」

「只要隱形，我們就不會被刺客狙擊了。」琴開心地說，「鳳閣找來的這隻巨鯨，真是厲害。」

「過獎，妳稱讚我的巨鯨，我也與有榮焉。」鳳閣的聲音，從鯨魚頭部那一側傳來，因為一切已經透明，琴也不確定鳳閣究竟在何處？「再過十五分鐘，我們就會到天空殿了。」

十五分鐘嗎？琴坐了下來，凝視著夜空。

在這短暫的片段，她又想起了幾年前她剛回到陰界的點滴往事。

「喂，莫言。」琴說，「你覺得，我到底是不是武曲？」

「妳現在問這幹嘛？等會不就知道答案了嗎？」莫言雖然透明，但聲音仍從旁側傳來。

「我還記得，我第一次見到長生星，是去闖颱風尋找怒風高麗菜的時候……」琴坐在地上，雙手環住膝蓋，仰望著滿天星空。

「嗯。」

「那時候，說要帶我去問長生星的人，是小天。」琴說，「小天雖然對我很嚴格，但卻是一個真心對我很好的人，那時候要不是有他，我早就被殺死了。」

「嗯。」莫言沒有接話，只是聽著。

「當長生星說我不是武曲的時候，我自以為的世界突然崩塌，那些跟隨我的人都變了，尤其是那兩人。」琴說到這，頭低了下去。「小才和小傑，是的，就是他們，他們殺了大耗，我還記得大耗的夢想是做出天下第一鍋的味道，而當他們兩個也要殺我的時候……」

「嗯。」

「是小天出手救了我。」琴說到這，輕嘆了一口氣。「他以一個丙等的星格，一個人去拖延兩個甲等星的攻擊，硬是爭取時間讓我逃走，而最後，他也因此犧牲了。」

「嗯。」

「我記得，當時我哭著說：『我不是武曲，怎麼辦？怎麼辦？』而小天身受重傷，仍微笑著告訴我：『妳是不是武曲，重要嗎？妳就是妳啊。』」琴說到這，聲音轉低。「這幾年我在陰界各地闖蕩，常常想起這句話，我就是我，就用我的方式活著就好。」

忽然，琴感覺到肩膀被一個東西碰了兩下，琴訝異回頭，她發現竟是一條手帕。給她手帕的人，自然就是莫言。

「妳知道，一個人如果不夠漂亮……哭起來會更醜的。」莫言語調放輕。

「你又說我醜！」琴瞪了莫言一眼，還是接過了手帕，在她濕潤的眼角擦了擦。

「好好好，妳不醜。」莫言的聲音，此刻悠遠但誠摯。「我覺得，妳現在很好。」

「很好？」

「無論今日的結果，妳是不是武曲，妳都已經是妳了，妳就是琴，活過颱風，闖過鼠窟，走過貓街，出入道幫，救過地藏，妳早就闖蕩出自己的名號，妳是琴。」莫言說到這微微一頓，「無庸置疑。」

妳是琴，無庸置疑。

「嗯。」琴凝視著前方，他們早已脫離了寬闊的海洋，此刻在一座一座如山的雲層間翱翔。

她了解莫言，這人嘴巴很壞，但不會說謊，更不屑奉承。

這句話，已經是給琴最高的稱讚。

「那莫言，」琴笑，「那我們的約定別忘了。」

「啥約定？」

「我要成立黑幫，而你要當我的第一號幫眾，甚至當副幫主。」琴調皮地笑著，「還要幫我想想，這黑幫究竟要做什麼生意？」

「放屁嘿！」莫言叫了出來，「老子還沒答應妳好嗎！」

「說好了，不可以反悔，啦啦啦。」

「放……」

但就在此刻，巨鯨前方，突然傳來鳳閣高亢的聲音。

「注意，巨鯨又要吟唱了。」

同時間，巨鯨的低頻吟唱再次開始，緩慢悠長，連綿不絕，迴盪在這片夜晚高空。

當巨鯨的身影逐漸從透明回復到原本美麗的粉紅色時，琴也看到了，眼前壯麗的景色。

在這萬尺的高空，層層疊疊的雲朵巨山之間，有一座聳立的黑色小島，神秘而沉默的懸浮其上。

「啊啊啊，那個地方，那個地方不會就是……？」琴忍不住開心尖叫。

「對，那座浮空之島，正是天空秘境，長生星隱居之處……」莫言聲音中也帶著笑意，「正是天空殿！」

天空殿。

這座矗立在萬尺高空的神秘島嶼，沒有人知道它如何與何時形成的？

據說，它最初的型態是一枚在太陽系流浪的隕石，路經地球時剛好被地心引力捕捉，穿越大氣層時它不斷滾動燃燒，原本隕石只有兩種結果，被大氣層燃燒殆盡，或是剩下碎片穿過大氣層，然後在地表炸出一個焦黑的坑洞，但這塊隕石卻出現了第三種結果……

它的外層雖被高溫燒盡，但卻留下了最後的核，它的核是密度極低的結晶體，讓它被雲雨所纏繞，從此懸浮於天空上。

這枚隕石之核，歷經了千百年的歲月，它吸收了大氣中的雲、大氣中的風、大氣中的雨，甚至是其他從天而降的隕石碎渣，讓隕石之核的體積越來越大，能量越來越豐沛，最後在空中形成了一座島。

這座島被某一代的長生星發現，當時陰界因為「易主」而殺得血流成河，這位精疲力竭的長生星決定帶著那些喜愛和平的追隨者，歷經千辛萬苦，乘坐各類飛行陰獸來到這座島。

又經過數百年的經營，逐漸打造出此刻眾人熟知的天空殿。

天空殿，距離烽火遍地的陰界戰場有著萬里之遙，吸引許多嚮往和平的陰魂躲藏在此，這些陰魂甚至不惜變賣身家，坐上飛行陰獸，藏身到此處。

這數百年來，天空殿並非完全沒有被戰火波及，只是它獨自一座孤島飄浮在天空之上，隨自然之風飄移，若非海洋幫派出手引路，基本上極少人能夠踏入此地，也讓它慢慢有了退隱者秘島之稱。

如今，在鳳閣與巨鯨的引路之下，琴與莫言這兩個外來者，即將踏上這座退隱者秘島，天空殿。

初踏入天空殿，琴感受到震撼，這高高飄浮在萬尺高空中的孤島，周圍都是薄如蟬翼般的雪雲，不時翻湧而過的是地表人們難以想像的高速烈風，風吹過島上聳立的高山，壯麗而孤寂。

只是隨即琴也發現，這座天空殿有一部分與自己想像的不同。

「看妳的表情，幹嘛？有點失望？」莫言站在琴身邊，「難道妳覺得這裡的建築物應該豪華又先進，像是天空的城堡？」

「畢竟叫做『天空殿』嘛，我本來以為……會是一座又一座的宮殿。」

「這裡被稱作『殿』，也許只是地面的人對它的過度想像。」莫言點頭，「這座島面積不大，應該只有陰界一個小鎮的大小，所以我們要找到長生星應該不難。」

「嗯，我也是這樣想，那我們該怎麼走？」

「朝著島中心前進吧。」莫言說，同時眼睛看向鳳閣。「我們有多少時間找尋長生星？」

「你們只有四小時。」鳳閣淡淡一笑，「高空中的天象變異速度極快，我們只能在天象最穩定之時接近或離開天空殿，以我多年經驗，四小時後暴風將至，屆時若你們尚未回到此處……我便會先離開。」

「啊？那我們豈不是被困在這裡？」

「所以請把握時間，這也是那些海龜計程車司機不願來天空殿的理由之一，一來不易尋找，二來就算找到，對天象的變化也難以掌握。」鳳閣說，「當然，你們又有政府刺客追殺，眾多不利因素之下，就算是給了百倍價格，司機們也不願啟航。」

「原來是這樣……」

「既然只有四小時。」鳳閣在巨鯨身上，找了一個位置坐下，閉目養神。「奉勸你們，動作快一點吧。」

「好！出動！」琴伸出右拳，朝前方比去。「目標，找到長生星！」

琴與莫言踏入了這座島上，島上雖然有路，但卻沒看到什麼人煙，一路上的風光頗為荒涼，都以岩石為主，幾乎未見到什麼植物。

對琴而言這一切仍是充滿新奇，畢竟在陽世時她生長在一般的鄉下小鎮，求學階段則進入高樓大廈的城市。當她來到陰界，才有機會潛入地底，深入海底，踏上颱風中心，如今更像是進入荒漠般的一萬尺高空。

「莫言，這裡幾乎沒有什麼植物耶。」琴左顧右盼，「不只沒有陽世的植物，連陰界植物都沒有。」

「嗯，陰界植物需要的能量很少，只要一點點光與水就能生存，但這裡竟然這麼少？」熟知陰界動植物的莫言，似乎也對眼前景致感到不解。

「你的意思是這裡連能量都沒有嗎？」

「陰界的三大能量來源分別是『自然』、『土地』以及『寶物』。這裡三者可能都不足，才會讓萬物凋敝，不過這裡位居高空，有大風有陽光又有雨雪，植物應該蓬勃生長才對……」莫言說到這，似乎又覺得難以自圓其說，搖了搖頭，不再說話。

「等等，莫言，我發現了一株植物。」琴說到這，邁步往前跑去，果然，在這片皆是黑色岩石的縫隙，一株約莫三十公分高，通體如白玉形狀如草的植物，正隨著強風搖擺著。「莫言，這是什麼植物啊？」

「這，」莫言也來到這植物面前，向來對陰界陰獸瞭若指掌的他，罕見的一頓。

「咦？這植物，連你也認不出來？」

「也不是，」莫言蹲下，臉上的疑惑越來越強烈。「這植物叫做『大農大富』，它的特性很特殊……怎麼會生長在這？」

「為什麼它長在這很奇怪？」

「大農大富是少數能專門吸取『寶物』能量而生長的植物，而且有很強的排他性，天空殿沒有出現其他的植物，原因可能是它……」

「所以它把其他植物趕走了？」

「差不多是這個意思，而且它還有一個特性，吸取寶物能量後，會隨寶物改變自己的型態。」

「啊，所以這裡可能有寶物？而且它現在的模樣與寶物有關？」琴把手指靠近了這株大農大富，忽然，她發出啊的一聲。

下一秒，琴的手指竟被劃破了一道血痕，這植物看似溫和無害，竟有如此鋒利的葉表？

「好痛！可惡，它割我！」

「嗯，主動傷人啊？太古怪了。」莫言皺眉，「這大農大富看似美麗，其實殺意強烈，這樣充滿飽滿殺氣的大農大富，我從未見過。」

「殺意強烈……」

「大農大富所吸收到的寶物能量肯定相當兇狠，不然不會養出這麼兇惡的型態，但我想不出這象徵和平的天空殿究竟有什麼兇狠的寶物嘿？」莫言困惑地說。

「嗯。」琴按著手上的傷口，看著地上那株大農大富，在割傷她之後，竟然開了花，透明如白玉的花瓣上掛著幾滴琴的血珠，豔紅而嬌滴，讓琴莫名的感到一陣戰慄。

而且，當琴放眼望去，她赫然發現這片荒漠土地上，其實處處都是這種全身雪白的殺意大農大富。

不知道是剛才琴沒有注意？或是當一株大農大富吸到了鮮血，其他的大農大富紛紛從土地中昂起首，朝著鮮血方向，飢渴地顫動著葉瓣，琴看著眼前這一大片不斷顫動花瓣的大農大富，莫名的心驚。

它們真的是植物嗎？還是一群飢餓嗜血的小野獸？

「嗯，這片土地，顯然有些古怪。」莫言說到這，忽然，他像是發現了什麼，大步往前走去。

「怎麼？」琴趕忙追上莫言背影。

莫言和琴快步穿過地面上的白色大農大富，那些大農大富竟像是有意識般，將葉瓣朝著兩人方向靠近，想割傷琴和莫言的腳部。

雖然這次琴已有防備，將道行化成電能護住雙足，已不會再被割傷，但仍讓琴感到渾身不舒服。

「莫言，你到底發現什麼？」

眼前的莫言，終於停下腳步。

「這裡，有第二種大農大富。」莫言比著地上，而地面上，果然出現第二種植物。

只是這第二種植物的外觀，卻與第一種大農大富完全不同，它是亮紫色，葉瓣邊緣有精巧的紋路，整株植物枝幹往上挺拔，葉瓣豪情四射地往外打開，散發著一股華麗而尊貴的氣質。

「這也是大農大富？」琴看得滿臉困惑，這兩者差異好大，除了都可以被稱作為草之外，無論是顏色、型態、給人的感覺，都截然不同。

白色的大農大富冷冽且殺氣騰騰，而這紫色的大農大富，卻有如帝王般，每株都傲視四方，尊貴不凡。

不只如此，所有白色與紫色的大農大富，彼此各據一方，互不侵犯，有如楚河漢界，壁壘分明。

「這兩種植物，各佔一邊耶。」琴往左邊的白色大農大富看了看，又往右邊的大農大富看了看。「怎麼感覺像是……兩大高手互相對峙，誰也不讓誰？」

「嗯。」莫言點了點頭，「妳說的完全沒錯。」

「咦，難得你沒吐我槽。」琴歪著頭，看著莫言。「幹嘛，你在想什麼？」

「怎麼？不習慣我沒吐槽啊？」莫言冷哼一聲，「這片土地上存在兩種寶物，一種鋒利危險如殺手，一種極品高貴如帝王……難道是……嗯……傻琴，我們得快一點了。」

「你才笨莫言，快一點幹嘛？」

「快一點找到長生星。」莫言步伐加快，他似乎隱約感覺到什麼。「無論是什麼，這兩股力量都正在對外釋放，就怕快要覺醒，而覺醒之後會引來什麼牛鬼蛇神沒人知道，無論如何，我們快點找到長生星，才是上策。」

琴雖然不懂，但仍跟著莫言加快了腳步，所幸這座天空殿真的不大，莫言豐富的經驗加上琴適時的使用似雷達的「電感」能力，他們很快就找到了天空殿中有人聚集的部落。

然後琴三步併作兩步，朝著部落前那位人影奔去。

「請問……」

「你們問什麼？大聲點，我耳朵不好……」

此刻，莫言和琴正站在一幢木造小屋前，而一位衣物簡樸的老農夫，正用大嗓門說話著。

「老先生，我是說，你知道長生星嗎？」為了讓老農夫聽得清楚，琴扯開嗓子喊著。

「我中午吃飽了，謝謝妳。」農夫點了點頭。

「我不是問你吃飽了沒啦！」琴跺腳，「我是問，長生星！就是專門幫人看星格的長生星！」

「我是吃滷白菜喔，再淋上特製的『萬里高空塵埃限定醬汁』，雖然清淡，但很好吃。」老農夫笑咪咪地說。

「老先生，不，不，我不是問你中午吃了什麼？」琴著急地舞動雙手。「我是說，長生星，很長的長，生日快樂的生，星星的星。」

「生日快樂？哈哈，我今年三百多歲了，早就已經不慶祝生日了啦。」老農夫笑得開懷，「但年輕人很有心，不錯不錯，來來，這是我種的『天空葉』，帶幾片上路當零嘴。」

「謝謝，不，不是，老先生我是要問長生星，他到底住在哪？」

就這樣，琴奮力描述得手舞足蹈，加上在地上塗塗抹抹，試圖和老農夫溝通，但就這樣花了二十幾分鐘，最後不得已終於宣布……放棄。

「莫言，我們走吧。」琴因為疲倦而垂下肩膀，吐出一口氣。「我放棄了。」

「嗯。」莫言寓意深長地看了老農夫一眼，「也是，看樣子問不出什麼，我們繼續往下找吧。」

「年輕人來陪老人家聊天，很好。」老農夫到最後始終搞不清楚琴的問題，只是笑咪咪地揮了揮手。「下次再來坐喔。」

「嗯嗯，好。」琴苦笑了一下，向老農夫道謝之後，和莫言繼續往前趕路。

兩人各顯神通，莫言的收納袋高速滑行，與琴的疾電奔跑，在天空殿這座島上往前奔馳著。

如此奔跑了近半小時，琴又看到了一戶人家。

這戶人家，門口擺了一台巨大且古老的木製紡織機，這紡織機足足有三、四層樓高，上頭的經線與緯線縱橫交錯，正隨著每次橫桿推移，發出規律的咔咔聲。

而在這巨大紡織機中，一名身材矮小的老婦坐在其核心，手腳並用，使這台紡織機不斷運轉。

琴來到老婦前，抵抗著紡織機的運轉聲，大聲地說：「婆婆，請問妳知道……長生星嗎？」

紡織機依然沒有停，老婆婆持續工作著。「什麼？」

「長生星。」琴大聲說著。「就是專門看人星格的，聽說他住在天空殿上。」

「我的布，已經織了兩萬多個日子了，而且都不能停。」老婆婆持續織著，「這塊布叫做什麼名字，妳知道嗎？」

「呃，不知道。」琴心中默算著兩萬多個日子的時間，她內心一驚，快六十年了？

「這塊叫做易主圖。」老婆婆說，「幸好，這張易主圖每六十年一回，我想就快要織完了，我也可以休息一下了。」

「老婆婆，您說妳在這裡織了快六十年的布，都沒有停歇？」

「是啊，」老婆婆滿是皺紋的臉，露出微笑。「織好久了呢，不過故事沒完，我得把它織下去才行。」

「那婆婆，您六十年都在這裡，怎麼吃飯？怎麼睡覺？」

「吃飯和睡覺都是陽世軀體的需求，陰魂只要有能量即可存活。」老婆婆邊說話，仍不斷織著布。「這台紡織機會汲取露水，露水會自己滴入我的口中，這樣的露水能量純淨，足夠我活了。」

「這樣好辛苦。」

「辛苦？」老婆婆微笑著。「對我而言，在底下打打殺殺，有人喪失摯愛，有人與老友反目，有人陷入狂亂走火入魔，相形之下，老朽之身可以慢慢織布，看著日復一日的晨昏，可一點稱不上辛苦呢。」

「也是。」琴歪頭想了想，「婆婆，您講的真有道理。」

「是吧？妳剛剛是不是問了我什麼事？」

「婆婆，我想問長生星這人，請問您知道嗎？」

「哈哈，我在此地不動已經近六十年了。」婆婆露出莫測的微笑，「就算知道，也不確定他是否搬離了。」

「也對，我都忘了您在這裡已經將近六十年了，那打擾了。」琴露出微笑，對紡織婆婆一個鞠躬。

「不過，我和妳也算是談得來。」婆婆一笑，手從古老巨大的紡織機撿起一塊殘布。「這是我織易主之布餘下的殘布，送妳當禮物，這一路上風沙大了，可以當塊手帕擦擦臉。」

「這怎麼好意思？我什麼都沒有帶給婆婆，怎麼好意思拿禮物。」琴急忙揮手。

「婆婆我坐在這裡快要六十年了，有個年輕漂亮的女孩和我講話解解悶也不錯，讓我心情頗好，不准推託，這是婆婆的要求！」

「那謝謝婆婆，我就收下了。」琴恭敬的用雙手接過這塊殘布。

琴見到布上有個圖形，是一個女子，正騎著一隻酷似鴕鳥的鳥類，鳥類的後側還綁著一個大箱子，但因為布匹殘缺不全，所以琴沒看到女子的臉，箱子的後半段也被切斷了。

但看到這圖，琴總覺得似曾相識，那女子與自己長得好像啊，除此之外，琴感到心臟一跳，這張圖，是不是某個答案？一個自己近日苦思許久，想得而不可得的答案？

但再想下去，琴只覺得眼前一片霧茫，伸出手，卻什麼也撈不到。

「走嘍，我們現在可沒空發呆，時間有限。」直到莫言的聲音，打破了琴的苦思。

「嗯。」琴點頭。

琴轉頭對正在巨大紡織機中，不斷踩踏織機，編出一縷又一縷美麗易主圖的婆婆，大聲喊道：「婆婆再見。」

婆婆只是點了點頭，又繼續沉浸在她無窮無盡的織布世界了。

當他們離開後，莫言低聲說：「剛剛的織布婆婆行事特異，顯然是有星格的人。」

「真的假的？」

「是，第一位農夫也是，只是他們顯然沒有惡意。」莫言冷笑，「看樣子這座天空殿，確實有不少臥虎藏龍之士啊。」

而琴與莫言邊交談邊往前進，很快地，第三個人就出現在他們眼前。

這次終於不再是白髮蒼蒼的老人家，眼前的人是一名理著平頭，肌肉精悍糾結，滿臉悍氣的年輕男子。

他正坐在道路中央，啃著一根玉蜀黍。

而真正讓琴與莫言遲疑的，卻不是這人，而是他背後的那頭陰獸。

外型簡單，高度比兩個成人還高，更散發著強大陰獸氣場，牠是「紙飛機」！百大陰獸中排行八十四的紙飛機！

這男子獨坐在路的中間，啃著剛烤好的玉蜀黍，不時發出嘖嘖的讚嘆聲。

琴看到了男子，和莫言互望一眼，腳步放緩，最後停在這男子面前。

「請問……」琴才開口。

「不知道。」

「呃，可是我連問都還沒問……」

「不知道。」

「我只是想問……」

「不知道。」

「喂！」琴生氣了，「你有禮貌一點好嗎？我連問題都還沒說完耶。」

「什麼喂？」那男子吃完了玉蜀黍，慢慢地起身，他的身材高壯，站起來比琴高上半個頭，和高䠷修長的莫言幾乎等高。「我管妳問什麼問題，我不是已經說過我的答案了嗎？不知道。」

「不管你！」琴瞪了男子一眼，「那我要過去。」

「不行。」男子怒眼瞪著琴。

「那我要打扁你！」

「那妳來啊！」

琴右手呈掌，已然揮出，琴這一掌電光透出黃色，這是琴四成的功力，表示琴在生氣之下，仍保有一份理智。

不過，琴可能馬上要為這份理智付出代價。

因為，對方竟然不閃不躲，左手揮了過來，以手臂硬接下琴的這一掌。

「小心你的臂骨斷掉！」琴的掌正拍中男子的左臂，黃色電勁強烈洶湧，全部灌入男子手臂上。

不過下一秒，吃驚的卻不是男子，而是琴。

因為琴只覺得手掌傳來尖銳劇痛，那是她的電能，正被某種更強大力量猛力推回來！

「來啊，看看是誰的手先斷啊。」男子怒笑，左臂再次發勁，轟然一聲，竟是琴被震到雙腳離地，往後騰飛了起來。

騰飛之際，琴感受著掌心的疼痛，突然內心湧現一種說不上來的……熟悉感。

這人的招式類型，有好鮮明的既視感啊！

那道行流動的方式，後發先至的反餽之力，靈活且霸氣的爆發力，這感覺好熟悉啊！我是不是在哪遇過這種類型的對手？

而且，我們還酣暢淋漓地打過好多場？

「喂，琴，這對手不簡單，妳可以嗎？」這時，莫言的聲音傳來。

「我可以。」琴落地，透過身體電能流動，頓時止住了跌勢。「我打算再確認一件事。」

「喔？」

「這種臭屁自以為是的道行類型。」琴穩住道行之後，立刻再次往前衝去，這次，她用上了雙掌，而且掌心的電能是鋒芒銳利的綠色。「我遇過。」

這平頭男子見到琴再次發動攻勢，而且威勢之強更勝第一掌，當下也不敢怠慢，雙臂開始揮舞起來。

他每揮一下手臂，空中就發出「嘶咻」的響聲，那是有如鋒利長刀劃破空氣的聲音，雙臂越揮越快，快到肉眼已經無法分辨，有如一團兇惡危險的白刃之球。

「來啊！」琴最後一刻躍起，雙掌合併，兩道綠電歸一，合併成更猛烈的電之砲彈，朝著男子擊了下去。

「來啊！」男子手臂越舞越快，快到足以把空氣撕裂，然後朝著琴的雙掌，劈了下去。

轟。

強悍電能再一次正擊男子雙臂，雙方都用上了真正實力，剎那間能量爆發，把周圍一切砂石都往外震去，更震得沙塵滾滾，往四面八方急噴。

「打就打，打這麼多灰塵幹嘛？」滾動急捲的沙塵中，莫言雙手插在口袋，依然瀟灑。

莫言面前出現一只與人同高的大收納袋，收納袋如同透明堅固的防禦罩，將激烈沙塵全部阻擋在外，讓他得以完全不受影響。

而當沙暴狂亂之際，隱隱可見男子的雙臂舞動極快，那是一秒鐘能瞬劈百刀的速度，而且每刀都鋒利如長刃，削破空氣，可以將敵人身體直接砍成兩半。

但男子的對面，卻是另外一個同樣高速的對手，琴的電招也發揮了速度的特長，雙掌不斷地回拍，每一拍都像是一個帶著殺傷力的盾擊，一下一下回撞男子的刀劈。

刀與盾，單純的高速對決，嘶咻嘶咻嘶咻嘶咻嘶咻嘶咻嘶咻，碰碰碰碰，嘶咻嘶咻嘶咻碰碰碰嘶咻嘶咻嘶咻嘶咻，綿密而錯亂的近距離互相轟擊。

「琴，妳用速度和對方拚？妳是打上癮了嗎？」莫言自在地在旁看著。「明明有更有效率的攻擊方式。」

「要你管！」沙塵中，琴的攻擊猛烈，和對方盡情對轟著。

「可惡。」男子大吼一聲，他感到雙手發麻，雖然乍看之下平分秋色，但琴的每一下電能的傷害都累積在自己的雙臂之中，雙臂已經漸漸不聽使喚了。「最後一招。」

「好，最後一招。」琴回應。

男子雙臂同時抬高，短短停住零點零一秒，所有道行聚集到雙臂之中後，猛力朝琴劈了下去。

這一劈，竟隱隱透出黑色氣流，氣流形成一把大刀，砍向了琴。

「和你打，就和那個討厭鬼打一樣，很有趣。」琴雙手瞬間往後收，收到腰際，同樣短暫聚氣之後，雙手同時往前拍去。

這一拍，帶出燦爛銳利的藍色光芒，有如流星般沿著琴雙掌的軌道，悍然往前。

嘶咻！轟！

雙方大招直接對撞，卻意外的沒有引爆更大的沙塵，反而像是將所有的能量都收於同一處，男子手臂與琴雙掌相觸之處。

然後，兩人都不動了，狂暴沙塵緩緩落下，兩人的雙臂與雙掌互相抵著，動也不動。

這場突如其來的對決，到底誰勝誰負？

「厲害。」忽然，男子露出了笑容，雙手一鬆，強大的力量把他往後轟去，轟到了數十公尺後才停下。「哈哈哈，好過癮啊，完全沒有取巧，用速度與威力和我對轟，我還輸了，真是心服口服，哈哈哈，心服口服啊，要殺要剮，隨妳啦。」

「我沒有要殺你，更沒有要剮你，我又不是食人族，你們這種混黑道的老是把情況講得很誇張。」琴收起雙掌，露出虎牙的笑容，可愛又自信。「我只是要搞清楚，你出招時給我的熟悉感是啥？不過我現在搞清楚了。」

「熟悉感？」

「對，因為你也是用風的招數！」琴比著眼前的男子，「你和那個老是讓人失望的傢伙一樣！你和柏一模一樣！」

「柏？」

「對，就是他！就是什麼破軍星的，柏！」琴笑著，「那個傢伙的招數也是風，每次都唏哩呼嚕的把風招式亂用，不過如果說招式亂用這件事，我自己也沒有資格說他就是了啦，嘻嘻。」

「柏，破軍星，柏，破軍星……」那男子眼中陡然燃起奇異光芒，「對，我的招式原本就是和他系出同門，自然是一樣，而妳的招式是電，我怎麼沒有想到，風與電，電與風……」

「幹嘛？」

「所以妳是……」那男子抬頭，正要說話，但卻在同時間臉色陡然大變，對著琴的後方大叫：「等等，住手！不可偷襲！」

不可偷襲？

琴一愣，忽然，她感覺到後腦飄來一陣風，涼涼的，很乾淨，這是寧靜迅捷危險的風。

但同時間，琴看見那男子面容扭曲，右手前抓，就要抓向琴的後腦，他要抓什麼？是什麼在琴的後腦？

這剎那，琴回頭，那個即將偷襲而來的恐怖畫面，就這樣映入她雙眼中。

紙飛機！

這隻適才藏身在男子身旁，位列百大陰獸的獨特生物，其尖銳如針的頭部，已經在琴的眼珠前三公分處。

這紙飛機是何時出現的？為何速度這麼快？因為牠是風之陰獸嗎？如果讓牠尖頭刺入琴的眼珠會怎麼樣？眼珠會破掉，腦袋是不是也會被穿孔？所以，我要死了嗎？我還沒問到自己是不是武曲星就要死了嗎？

而就在琴睜大眼睛任憑想法亂跑之際，她看見了一對手指陡然出現。

「笨蛋，光顧著說話，沒想到敵人有兩個？」這聲音如此熟悉，熟悉到琴忍不住微笑起來。

而這對手指，食指和中指，竟然在這生死立判的瞬間，帶著強悍無比的力量，夾住了紙飛機的頭。

而位置，就在琴眼珠三公分處，一個驚險到無以復加的位置。

「莫言。」琴吐了吐舌頭，「我就知道，你會救我。」

「哼。」莫言瞪了琴一眼，「下次沒有我，看妳怎麼辦？」

紙飛機尖端，在莫言的雙指之間，微微顫動著，似乎就要掙脫。

同時莫言嘴角上揚，指尖的道行則是不斷疊加上去，一個收納袋，兩個收納袋，三個收納袋，轉眼，已經是二十個收納袋了。

「紙飛機！百大陰獸中排行第八十四！」莫言冷笑，「果然很有實力啊！」

說完，莫言手一甩，紙飛機再也無法支撐，被往後摔去，只見牠在空中快速優雅地轉了幾圈，又恢復了原本的平衡狀態。

下一秒，紙飛機周圍出現數十個收納袋之球，每個球都被灌飽了氣，像是詭雷般圍繞著紙飛機，只要紙飛機再輕舉妄動，就會被爆裂的收納袋炸傷。

不過，紙飛機也停止行動了，因為牠的主人，也就是那名理著平頭，穿著黑色背心，滿身刺青的高壯男子，已經明確阻止了紙飛機，且對琴完全認輸了。

「沒錯，我與破軍的武術系出同源。」此男子說著，「我乃丙級空亡星，運風為鐮，風鼬是也。」

「風鼬？所以你也是以風為武器？和破軍算是……師兄弟？」

「師兄弟嗎？哈，確實可以這樣說，當年我與破軍曾一起學習風的能力，只是我們的師傅不是人，而是大自然的風而已。」風鼬點頭，「不過破軍有天就這樣消失了，消失了二十幾年，直到最近才又出來，上次我在颱風再見到他，他的功力退步得亂七八糟。」

「當時，你也在颱風裡？」琴訝異，沒想到風鼬也在當時的颱風中，一如她要找的長生星。

「自然在，我和長生星是颱風的兩大守護者，自然會一起出現，不只如此……」

風鼬目光看向莫言。「雖然我沒有和神偷交手，但我可是和鬼盜打過。」

「喔，你說橫財啊。」莫言墨鏡後的眼睛瞇起，「不錯喔，我這老友殺人絕不手軟，你和橫財打過之後，竟然還活著站在這裡？表示很有實力喔。」

「哼，我記得當時被橫財擊敗的恥辱，總有一天，我可是要讓鬼盜知道我的厲害。」風鼬握拳，「你也是，神偷莫言。」

「嘿，我等著你。」

「好，言歸正傳。」風鼬手比著琴，「既然老子已經輸給了妳，那我就告訴妳怎麼去找長生星吧。」

「耶！」

「用說的太累了，就讓我的老朋友帶你們一程吧。」

風鼬右手舉起，同時間，剛剛快如閃電的那隻奇形陰獸紙飛機，如一隻老鷹般，停在風鼬的肩膀上。

「紙飛機，」風鼬酷帥的微笑，「你就負責帶這個會用電的女孩，去找整天都沉迷在下棋世界的長生星老頭吧。」

紙飛機？琴轉頭，看著這剛剛以寂靜無聲之高速，差點把自己穿腦的百大陰獸，她沒有半點懼怕，反而伸出手，抱住紙飛機。

紙飛機開始掙扎，帥氣鋒利的牠，似乎極度討厭被人這樣抱著。

但琴不只動作快，這一抱還帶著道行，不只道行，甚至還有少女心的寵愛，就這樣緊抱著紙飛機。

「全身上下都是紙，你真的超可愛。」琴笑得超開心，把臉貼在紙飛機上。「折紙飛機超好玩，我在陽世就好愛紙飛機，現在看到放大版，覺得好開心啊。」

紙飛機掙扎了幾下，雖然身為百大陰獸的牠，絕對有千種方法逃出琴的懷抱，但最終牠還是停止了掙扎，只是小小彎起了飛機尖端，一副無可奈何的模樣。

「很好，看樣子紙飛機也挺喜歡妳。」風鼬看著這一切，嘴角露出笑意。「不過，就算帶妳到了長生星面前，也得看看妳有沒有能耐，讓那個腦袋只有下棋的老糊塗，說出妳的命格了？」

「腦袋只有下棋，什麼意思？」琴還想問，但眼前的紙飛機已然啟航，而慌亂間，琴只能向風鼬點了點頭，就邁足追了上去。

告別了風鼬，琴等人再次踏上了旅程，此時天邊透著晨光，從他們離開鳳閣與巨鯨已經一個半小時了。

這一次，他們不再靠著直覺摸索，而是由強大陰獸紙飛機帶路，紙飛機是風之陰獸，速度之快不在話下，牠在前面領路，頓時看出莫言與琴兩人的功力高下。

莫言以「收納袋」作為溜冰鞋，就算紙飛機只用上五成速度，仍可穩穩跟上，但靠著「電偶」強化肌肉的琴，就逐漸開始落後。

紙飛機飛了一會，就回頭等著琴追上，幾次下來，牠似乎失去了耐心，一個俯仰迴旋，飛到了琴的旁邊。

這時，琴正在喘著氣。「抱歉抱歉，你可以慢點嗎？我，我快追不上了啦。」

只見紙飛機下壓高度，和琴的身軀已然平行，然後輕輕一推，竟把琴的屁股托起，琴頓時明白。「啊，紙飛機，你要載我嗎？」

紙飛機尖端的頭點了兩下，而琴發出歡呼。「耶！」

說完，琴只覺得身體一陣輕盈，身體被紙飛機托了起來，琴急忙抓住紙飛機的兩側，下一秒，紙飛機陡然加速。

這剎那，琴只覺得長髮飄揚，整個身體因為慣性而往後仰去，然後她忍不住開心地大聲尖叫。

乘著風，在萬里高空天空殿之上，一路爬升，朝著此行最後目的地前進。

紙飛機不愧是排名八十四的風之陰獸，牠的全力衝刺，替琴帶來痛快無比的速度感，更大幅縮減了旅程時間，唯獨感到困擾的人，大概就是莫言了吧。

莫言見到紙飛機一眨眼就不知道飆到了哪裡？他只能苦笑。

「琴這小女孩和紙飛機倒是挺投緣啊，但怎麼完全沒有考慮到伙伴呢？自己玩得這麼開心。」

同時間，莫言灌注了全部的道行到雙腳，一層又一層的收納袋，變成灌飽空氣的球體。

「我也只好認真一點了啊，放！」莫言手一揮，灌飽空氣的收納袋頓時噴出猛烈氣體，化成動力，把莫言身體高速前推。

就這樣，搭乘著紙飛機的琴，和急起直追的莫言，在短短的十分鐘內，就到了天空殿最大的居民聚落，更是長生星居住之地。

「到了嗎？這裡好熱鬧啊。」當紙飛機停下，琴一跳而下。「一路看慣了荒涼，快以為天空殿就是一座荒島，原來這裡有這麼多人啊。」

映入琴眼內的，是一座小鎮，其規模雖然不比地上城市，但仍可見七、八條縱橫交錯的街道，街道上人來人往，兩側則排滿了販售著各式物品的小販。

這些小販賣的多是食物或是生活用品，吃的喝的用的，像是一大攤的陰界水果，和陽世最大差別是這裡的水果是活的！

所以水果中不時傳來各種笑聲與哭聲，哭泣的是梨子，大笑的是蘋果，會一直往上蹦跳的是橘子，還有喜歡砸人臉的是水蜜桃，最後大家不敢靠近的是最愛放屁的榴槤。

除了水果攤，還有賣飲料的，傳說飲料「珍珠搖滾」可遇而不可得，但這裡至少有龍蛙下蛋（以C級陰獸『龍蛙』的蛋釀泡而成，絕對佳品）和聖女瑪麗（以B級陰獸『聖女鱷魚』的牙齒磨碎加入飲料中，香濃程度破表），這些當年琴都在小天的飲料單上看過，真的頗為懷念。

琴一邊目不轉睛地看著攤位一邊走著，很快地走過了飲料區，來到了遊戲區。

第一攤位，就是所謂的釣金魚，不過陰界池子裡放的可不是金魚，而是發出呻吟的「人頭」，人頭的長髮在池子裡有如金魚的尾巴，左右擺動著，還不時跳出來咬每個想要釣魚的陰魂。

「啊，釣人頭！」琴露出懷念的表情，「我曾經在土地守護者那裡看過！」

再往前走則是套圈圈，套圈圈的老闆是一對夫妻，丈夫體型如巨人，體型是一般人的五倍大，他安靜地待在攤位後方，而嬌小可愛的妻子，則站在攤位前熱情地招呼客人。

「來喔來喔，套圈圈喔，套中就帶回家。」妻子留著長髮，一雙眼睛如月眉彎彎，狐媚豔麗。「而且你們可知道，套中的最大獎是什麼？」

說完，妻子遮著嘴，魅惑十足的輕笑兩聲。

「是我喔。」

「套中我，就可以把我帶回家喔。」

遊客一聽發出歡呼，紛紛瘋狂購買圈圈，圈圈上還有著鯊魚的利齒，拚命朝著女老闆扔去。

琴站在人潮的後方看著這一切，像是想起什麼般停下了腳步。

「我看過這套圈圈，而且不只如此，我還看過這對夫妻。」琴歪著頭，長髮滑到了一邊肩膀。「好像也是土地守護者？」

正當琴思考之際，那女老闆的眼神剛好與琴對上，只見那嬌小的女老闆一笑。「顧客妳很眼熟喔，妳知道我們這種做攤販生意的，就是要流浪四方，到處討生活啊，看過幾眼也不稀奇啦。」

「原來是這樣……」琴點頭，目光看向巨人丈夫那，不知道是否恰巧，巨人丈夫也回望琴。

琴覺得心臟一跳，她感覺到這丈夫的目光有某種東西，那是有情感的，深刻的，懷念的，那是曾經在戰場上互相信任，生死與共的戰友眼神。

而等到琴想說什麼，那活潑嬌小的女老闆又插上了話。「來來來，客人要不要來玩一把套圈圈，一次只要兩百陰幣，看在是熟客的分上，打妳八折，一百六十陰幣，唉啊，旁邊這個戴墨鏡的高帥哥，實在很帥，就算你一百五十好嗎？套中我就帶我回家喔。」

琴被女老闆干擾了注意力，等她再次看向巨人丈夫，對方的眼神卻已低垂，又回到了那如石像般的狀態。

就在琴感到納悶，忽然身邊紙飛機一個轉圈，翅膀切過風，發出咻的一聲。

琴隨著紙飛機尖頭的方向看去，哪裡正聚著幾個人，圍觀著什麼？

琴知道紙飛機不會隨便做出指示，頓時邁開步伐，她知道一定就在那裡！長生星！肯定就在那裡了！

而當琴靠近圍觀的民眾，頓時明白他們在做什麼……他們在下棋。

兩個人坐在一張方形石桌前，石桌上擺著一面大棋盤，棋盤上縱橫交錯著複雜的黑白棋子，而兩人都緊盯著棋面，苦思棋路。

琴頓時認出了坐在棋盤對面的其中一人，全身白衣，長長的白鬍子，連頭髮也都一片雪白，柔軟的披在肩膀上，這不是長生星是誰？

「長生星！」琴忍不出聲喊道，「我可以打擾你……」

但琴出了聲，長生星卻像是完全沒聽到，只是自顧自地盯著棋盤。

這時，圍觀的群眾開口了。「小妹妹，這長生星一旦下棋，就完全不會理別人啦。」「他是一名標準的棋痴啊。」「就算是他的老朋友風馳來，把長生星揍一頓，長生星的眼睛還是看著棋啊。」「你看看，他因為怕沒人和他下棋，還在這市場內擺了一盤，無論輸贏他都給錢，這人對棋多痴迷？」

「所以，要和他說話，就得和他下棋？」琴一愣。

「對啊，如果要找他算命格，還得贏他才行。」觀眾說。

「那，長生星的棋很厲害嗎？」

「說厲害嗎？陰界之大，勝他的大概也不能說沒有，但至少他打從在這天空殿擺上這一張棋盤以來，從未輸過。」

「在天空殿，從未輸過？」琴吞了一下口水，目光看向莫言。

莫言知道琴想問什麼，他眉頭皺了起來。「如果考究的是陰獸，我有十成把握取勝，如果要打上一場，我的功力也足以應付，但若考的是下棋，嗯……」

「那怎麼辦？」琴抓了抓頭髮，說到下棋，她從小到大唯一能分辨的就是棋子的顏色，一邊黑一邊白，其他什麼都不會啊。

既然不會下棋，要如何打敗長生星，又要如何取得她真正命格的答案？

就在此時，剛剛與長生星對弈的對手，手一翻，蓋住了自己的棋碗，低下頭說道：「長生星您老厲害，我認輸了。」

「呵呵，不客氣不客氣。」長生星捻著白鬍子，呵呵的笑著。「你也算是一個人才，可惜你的欲望太過強烈，下棋最忌貪勝，你這一貪，所有的破綻全都外露，才給了我取勝之機。」

「長生星說的是，」那人笑著搔了搔腦袋，「我啊人都在這座天空殿了，早該放下那些勝負的事了，但一坐上這棋桌，那貪勝之心又忍不住升了起來。」

「哈哈，人之常情啊，來來，這是你陪我這老頭下棋的酬勞。」長生星呵呵笑著，給了對方一筆錢。「我們下了兩個時辰，真是過癮，別忘了明早有空，再來陪我下棋啊。」

「我知道我知道，長生星您的規矩，無論輸贏都有酬勞拿，但若輸了，就必須明日再來，若贏了，就可以請您幫忙看看運勢命格。」那人笑著。「不過這幾年來，您有輸過嗎？」

「輸？當然有。」長生星捻了捻白如雪的長鬍，慢慢地整理起棋盤，將黑子白子分開。「那是好多年前了，那個人泡了一手好飲品，和我連下了三盤，我就這樣輸了三盤，不過第一盤是因為這人的飲料太好喝，讓人分了心，叫做『珍珠搖滾』。」

珍珠搖滾？聽到這四個字，琴和莫言互望了一眼，能調出珍珠搖滾的飲料高手在陰界並不多……

「那第二盤您為什麼輸了呢？」

「說來慚愧，第二盤會輸竟然也是飲料，這人又調了一杯珍珠搖滾，我說『同樣的口味我不會分心了』，他說：『您老就當是被騙，喝喝看？』我喝一口，還真是嚇了一跳，這可是我活了幾百年來，最好喝的一杯飲料，沒有之一。」

「沒有之一？這也太誇張。」

「當真，絕無誇大。」長生星說到這，還是忍不住舔了舔嘴唇，可見當時的味道記憶多麼強烈。「第二杯飲料味道既輕盈又濃烈，既香醇又爽口，層次一層疊上一層，從如蜜的甜到青春的酸，又到熟的微苦，微苦之後又是一陣滋潤舌尖的回甘，明明都是珍珠搖滾，我不懂滋味怎麼跳上新的層次，後來他說，這不是一般的珍珠搖滾，這叫做……」

「叫做……」這時，站在那人後面的琴，忍不住插話了。「『跳舞吧，珍珠搖滾！』」

「對，『跳舞吧，珍珠搖滾！』」長生星露出詫異神情，看向搶著說話的琴。「妳怎麼知道？」

「因為，」只見琴此刻雙眼含淚，嘴角卻微微上揚。「綜觀整個陰界，能做出珍珠搖滾的人可能不到二十人，但能做出『跳舞吧，珍珠搖滾！』的人，卻只有他一人，他就是天使星，小天！」

「對對對，就是小天。」長生星用力拍了一下棋桌，「妳說得對！妳果然認識！」

「那長生星老先生，您說還有第三盤棋？」琴聲音帶著鼻音，追問道。「那小天怎麼贏你的？」

「是的，還有第三盤，這一盤棋他確實沒有用上任何干擾的手段，他是憑實力和我對弈的。」

「他靠實力贏你？」

「是的，雖然贏得驚險，但他確實贏了。」長生星嘴角揚起。「與其說棋力贏我，不如說，他想贏的意念勝過了我，讓我不得不認輸。」

「想贏的意念？」

「他的求勝意念是來自一個女孩，他和我賭了一件事！」長生星笑著搖頭，「為了那個女孩，這傻小子連命都不要了，這樣的下棋法，我又怎麼贏得了。」

「所以，他和您下的賭注是什麼？」

「他和我下的賭注是什麼啊……？」長生星看著琴，眼神揚起笑意，頑皮有如十歲孩童。「若妳想知道，不如和我下一盤棋吧？」

「下一盤棋？」琴一愣。

「對，」長生星看著琴，此刻，琴看見這位老人的雙眼，竟如星空下的湖泊般閃爍深邃。「若贏了我，我就告訴妳一切，如何？」

若贏了我，我就告訴妳一切，如何？

這一剎那，琴知道該來的終究要來，她要和這長生星對弈了。

而她的能力，僅限於分辨黑白兩色的棋子。
這場局，到底要怎麼下？

第三章．我是武曲？

陽世，小靜。

「是這裡嗎？」此刻的小靜，一邊對照著手機裡的地圖，一邊在這城市最熱鬧的黃金商業區走著。

在這金碧輝煌的商業區，就算是久居在這座城市的小靜，也感到不自在。

這裡的建築物並不擁擠，但每一棟建築卻都巨大且美麗，有著自己的獨特風格，彷彿一尊又一尊的金色巨人，睥睨著每個前來這裡追逐金錢的愚昧子民。

在巨人腳邊街道行走的人，男子多半西裝筆挺，嘴角揚著自信微笑，步伐堅定踏實，而女子打扮則充滿魅力，俐落套裝，高雅洋裝，談笑間顧盼自如。

而小靜，穿著簡單帽T，腳下帆布鞋，她覺得自己真的與這裡格格不入。

可是，她還是必須來這裡，因為這裡是她和小風學姐約好會面的地方，也是小風學姐公司的所在地。

「小風學姐真是厲害，竟然能在這裡開公司？」小靜左右張望，最後她停在一棟建築物之前，這建築物外型是新潮的銀藍色，邊緣曲線如波浪往上蜿蜒，一直蜿蜒到目光不可及的碧藍色天空。

「在這棟大樓裡嗎？感覺好氣派。」小靜吐了吐舌頭，走進這棟有如巨人的建築中，迎面而來的是一大片光亮的大理石地板，服務台小姐也笑容可掬的起身。

「請問您要找哪家公司呢？」

「我要找『ZW』公司。」

「ZW嗎？它在三十六樓，也是我們的頂樓。」服務小姐保持著微笑，「您和他們有約了嗎？」

「有，我和小風學姐，不，和他們的老闆有約了。」

「好的，那我會再通知他們有訪客，電梯在前方的右手邊，請慢走。」服務小姐再次禮貌鞠躬。

小靜走進明亮舒適的電梯，看著數字跳上三十六後，電梯門打開，電梯口一名約莫二十幾歲女子正在等著小靜。

「妳好，妳就是小靜吧？風正在等妳喔。」這女子五官清秀，配上恰到好處的妝容，儀態高雅，給人一種專業又可靠的形象。「麻煩妳跟我來，我叫做路路。」

小靜跟在路路後面，刷過門禁卡進入了ZW公司，沿途經過一個又一個的辦公桌隔間，每個人不是在忙著講電話，就是在電腦前打資料，不時有人起身帶著筆記型電腦和其他人討論。

小靜覺得驚訝，這ZW公司人數至少有三十人，小風學姐的年紀只比自己大一兩歲，竟可以在這個黃金商業區的建築頂樓，擁有一間如此規模的公司？

路路帶著小靜走到整個樓層最後側，那裡有一間偌大的透明落地窗辦公室，小風就在裡面，她正和幾個人在討論事情，她看到小靜後，先是調皮地對小靜眨了眨眼，旋即回到人群之中，幾分鐘後就結束了話題。

當這些人一離開，小風收起嚴肅的老闆臉龐，表情柔和而輕鬆地看著小靜。

「嗨，小靜。」小風笑著說，「麻煩妳來一趟。」

「小風學姐，妳公司的規模好大喔！真厲害！」

「嗯，因為我很有實力啊，再加上一點運氣，就走到今天嘍。」小風微笑，欣然接受小靜的讚美。

「小風學姐，妳的公司為什麼叫做 ZW 啊？」小靜難得露出了好奇心。

「這是最早開始隨興取的喔，呵，當時腦袋跳出 ZiWei，這幾個字，就簡稱 ZW 了。」

「ZiWei？」小靜默默地唸了幾次，「梓維？芷薇？紫微？好有趣的名字，小風學姐，妳公司是做什麼的啊？」

「我們是一家顧問重整公司，」小風微笑。「經營不善，瀕臨破產，需要重整的企業都會找我們，我們同時也和銀行合作，也插手公司整併後的管理問題。」

「顧問重整公司？嗯，不太懂。」

「嗯，是啊，確實很抽象，但我們重整成功率可是百分之九十二，我親自出馬成功率是百分之百。」小風一笑，「有時候，我們重整某家公司成功後，我們評斷該公司未來可期，也會直接買下或介入經營，變成我的公司。」

「哇，那小風學姐妳不是好幾家公司的老闆？」

「正確來說，我不是老闆，我只是董事之一。」小風一笑，「好啦，言歸正傳，我有從電話裡頭，聽到妳的煩惱了，妳說妳自從歌唱比賽以後，就沒有任何商演的機會？」

「是啊，自從歌唱比賽之後，我就沒有任何唱歌的機會，現在只能在麵包店打工……」小靜嘆氣，「我所認識的人當中，就屬小風學姐最有辦法，可以給我一點建議嗎？」

「嗯，聽過妳電話所說的事之後，我覺得很古怪，以妳的歌唱實力，曾經感動這麼多人，怎麼會沒有演出機會呢？」小風看著小靜。「為此，我昨晚思考後，決定……」

「小風學姐，妳的建議我一定會遵守……」

「說建議，不如說是一個想法，」小風微微一笑，拉開抽屜，拿出了幾張被裝訂得整整齊齊的紙。「或是說，一場冒險。」

「冒險？」小靜看著那疊紙，紙頭上的標題竟然是，合約。

「這不只是妳，也是我的一場冒險，」小風注視著小靜，她的目光中是頑皮也自信的光芒。「妳願意和我簽約，讓我成為妳的經紀人嗎？」

陰界，天空殿。

「來吧，我長妳幾歲，妳執黑子，先黑後白，」長生星捻著長長的白鬍子，笑呵呵地說。「妳先下。」

「這，好，看我的厲害！」琴苦笑拿著黑子，看著眼前這由十九條縱橫直線組成的方陣，只能硬著頭皮上了。

於是，琴的手指往前，下在棋盤的正中央。

「喔，直攻天元？」長生星一笑，「妳內心大方公正，不過就圍棋之道而言，妳不是一代狂人好手，就是啥都不懂的門外漢啊。」

「嘿嘿。」琴只能撥了撥烏黑長髮，嘴裡乾笑兩聲，內心不禁想：天元？天元是啥？一種過年的糕餅嗎？

只見長生星沒有多想，回了一子。

看著棋盤上那一大片空白，琴手指夾著黑子，完全不知道自己該下在哪？她心想，圍棋講究圍城吃子，那她就把長生星的白子給圍起來吧。

「呵呵，這一著在在顯示，妳不是狂人，就是門外漢啊。」長生星又回了一子。

「嘿。」琴知道自己不能輸了氣勢，只好裝作自己略懂的樣子，點了點頭，內心則是高聲吶喊著：救命啊我真的是門外漢啊！

只見雙方你來我往，回了十餘子，而一開始模糊不清的局勢也快速明朗起來，長生星看似只是隨手回棋，卻已然壓制住琴亂七八糟的攻勢。

這也讓琴越來越佩服，所謂的棋藝就是這麼回事啊，長生星看起來平凡無奇的幾子，就把局勢整個帶了起來。

不行！現在不是佩服的時候！琴搖頭，按照長生星一日一盤的規矩，這盤會是琴唯一問到星格秘密的唯一機會。

不可以輸，得想想辦法，琴想到此處，手指暗含電勁，所謂兵不厭詐，就用電力把長生星電到暈吧？

可是，琴的指頭還沒碰到棋盤，就聽到長生星悠悠地說：

「咱們以棋會友，若在棋盤上搗蛋，老夫可是啥都不會說的。」

「呃。」琴一聽到長生星如此說，急忙收起電勁，慌亂間又擺了一個位置。

「呵呵，妳這一子下去，老夫距離贏棋，可是在五子之間啊。」長生星捻鬍呵呵笑著。「姑娘，不如明天再來？」

「不，不行，鳳閣說天空殿氣候萬變，一定得在今日取勝才行。」琴咬了咬下唇，「就算五子，我也不放棄，再下。」

只見琴又把棋放下，這一子又是凶險荒謬，長生星呵呵笑之間，又回了一子。

這下子，連只懂分辨黑白顏色的琴，都知道黑子氣數已盡，只差三子，就要全面潰敗，棄子而降了。

「怎麼？還下？」

「嗯……」琴的右手微微舉起，食指和中指間夾著一枚黑子，遲遲無法放下。

「就說認輸吧，輸不可恥，再練個十年八年再來挑戰，也是一種氣度。」長生星微笑，就要收起棋子，而周圍觀眾也發出認同的聲音，催促著琴是該放下棋子，低頭認輸了。

而琴只是舉著黑子，不願放棄的她，已經思考不出任何反轉戰局的可能性了。

「好吧，我放……」

但也就在這一剎那，琴忽然感覺到懷中一跳，有某個東西送出了道行，順著琴的手臂經脈，送達到她高舉的右手之上。

「咦？」琴感受到那道行的訊息，手指一翻一轉，下在整個棋盤的最左下角的黑點處。

看到琴這樣一下，長生星微微一愣，「還不棄子？想另闢戰場嗎？」

「呃呃，」琴也不知道怎麼解釋，只能鼓起腮幫子嘴硬。「我，我，我就是想下，怎麼樣？」

「好，不過垂死掙扎，三子之內必敗妳。」長生星呵呵笑著，又下了一子。

只見這子下去，棋面上長生星的白子已呈天下一統的氣勢，有如戰場上各方兵馬都已將黑子團團包圍，只差總帥一紙絕殺命令，就要將黑子盡數殲滅於大地之上。

同時間，琴已經隱隱猜到胸口之內，是誰出手助棋？她再次高舉右手，這時，胸口內再次一跳，一股道行再次出現，快速蜿蜒過琴的經脈，砰的一聲，再次引導琴將棋下入了左方之處。

「還在掙扎？」長生星搖頭，白子再下。「剩兩子。」

圍繞的觀眾們開始轉身離開或是各自閒聊，他們也認為琴這場棋必敗無疑，已經不必要再觀看下去。

「再來！」琴再次夾著黑子，舉起右手，甚至閉上眼睛，任憑右手的棋在那神秘力量的引導下，砰然一聲，下在棋盤的中央。

「就說我只要再下一子，就要取勝……咦？」長生星原本自信滿滿要放下最後一子，如今卻像是發現什麼般，陡然愣住。

戰場上，有了變化。

原本該被全面殲滅，氣勢衰微的黑子，突然在左方邊角出現一支部隊，這部隊陣容雖小，但士氣高昂，更佔住地利優勢，有如居高臨下俯視戰局，甚至牽動了整個棋盤中殘餘黑子的反攻。

長生星的指尖微微顫抖，他這一著該不該下？下了，黑子就會趁隙反擊，但若更換地方，特別佈局來防禦這左方勢力，會不會掉入敵方陷阱，得不償失？

這些思考讓長生星驚疑不定，忍不住想：「誤打誤撞？還是這女孩深藏不露？」幾經思量，長生星決定不顧左方攻勢，按照原本計畫下了這一棋，只見琴右手再次舉起，快速回應了這一著。

果然，本該終結這局的一棋，卻沒有完全殺盡黑子部隊，下一刻，琴又回了一子，長生星見到這棋步，冷汗慢慢流下，思考數分鐘後，才又下了白子。

這次，琴看起來沒有半點猶豫，又下了一子。

「這一棋，這一棋……」長生星看見琴隨便的一子，竟可以說是精妙絕倫，竟然把黑子的死路全部打開，左下角的小型部隊有如久蟄飛蟬，破土而出，穿梭戰場，將殘餘的黑色部隊全部接應了回來。

「長生星先生，換你了喔。」琴完全看不出棋盤上的氣勢已經開始轉變，只是傻傻的覺得，長生星想棋的時間怎麼變長了？

「是，是換我了……」長生星繼續捻著白鬍，越捻越用力，竟然捻下了幾根長鬚，終於他又下了一棋。

長生星想了半晌才下好的棋，琴卻完全沒有思考，馬上又回了一棋。

「這，高明啊！」長生星臉色再變，又拉斷了自己幾根鬍鬚。「這一棋更是漂亮，左側已經奪回，準備從右側夾擊老夫了。」

就在長生星驚愕之際，周圍人潮又開始聚攏，臉上盡是驚訝的表情，他們對著琴的棋路指指點點，不時發出讚嘆。

長生星皺眉苦思許久後，又回了一顆白子。

只是，長生星的手指才剛離開，琴又是右手舉起，啪一聲落下黑子。

這一棋下去，周圍立刻響起低低的歡呼聲，連搞不懂東南西北的琴，都知道這一手下得很好。

而長生星的臉，卻越來越苦，手上抓下來的白鬍子，也越來越多。

「高明，當真高明啊。」

於是，就這樣琴的棋越下越快，而長生星的棋卻越下越慢，到後來長生星每一步棋甚至要想上十分鐘以上。

而到了第一九二步，整張棋盤已經用去大半，這回合又輪到長生星，只見他睜大眼猛瞪著棋盤，思考了將近半小時。

琴也不催，倒也不是她不急，她只是覺得尊重長生星是長輩，加上她深知自己靠的可不是自己的棋藝，而是藏在胸口那個人。

不，現在已經不能稱作人，因為其實是一隻手。

就是這隻手，擁有著太陽星地藏的智慧，帶著琴逆轉了戰局，真不愧是陰界最長壽的強者啊！

可是，琴越是輕鬆的模樣，卻越是給長生星巨大的壓力，尤其是眼前這一盤，自己明明是勝券在握，卻被對方從谷底逆轉，對方的棋藝究竟多高？難道，一開始琴的弱勢其實是一種「讓子」嗎？因為自己讓對方選了黑子，所以對方乾脆讓了自己半盤局？

「好棋，當真是好棋，妳的棋藝深藏不露，綜觀陰界，可能就只有太陽星地藏或天機星無用可以和妳比肩了。」長生星說到這，嘆了一口氣。「可惜太陽星地藏已死，棋界也就寂寞許多啊。」

說到這，長生星閉上眼，吐出了一口長長的氣，手，也放開了白鬍。

當他放開白鬍的同時，他臉上愁苦猙獰的表情已然不再，取而代之的，是一抹輕鬆釋然的微笑。

「琴小姐。」長生星面帶笑容，挺起胸膛，端正坐好，是對勝利者的敬意。「這盤棋，老夫服輸了。」

「啊，你服輸了？」琴看著棋盤，不是還有將近一半沒有下完嗎？這樣就認輸了？

「是的，」長生星微笑著。「琴小姐，願賭服輸，接下來，就讓老夫償還賭債，告訴妳真正的星格吧。」

而就在琴與長生星對弈，長生星苦思棋路的同時，天空殿島邊，一樁出乎意料的事件正在發生。

原本，天空殿島的最外緣，身穿深紅色斗篷的女子，鳳闍，正坐在巨鯨上閉目養神。

忽然，她睜開眼睛。

「這是什麼？」鳳闍往天空殿的下方看去，底下是一萬尺的高空。「有一股古怪的氣流正在靠近。」

「不是自然的風，這是陰獸的氣息。」鳳闍伸手摸著胸膛，竟然莫名的心驚。「是誰？來得好快？」

鳳闍看著下方一大片蔚藍天空，她感覺到有什麼東西越來越近，更夾著無比兇惡的氣勢，正以高速衝向天空殿。

「巨鯨！」鳳闍提氣大喝。「甩尾！把那東西打下去！」

「嗚。」巨鯨發出低吼，擺動起牠巨大無比的尾巴，朝著下方拍了下去。

而下一瞬間，巨鯨的尾巴拍中了某個物體，那物品啪嗒一聲鮮血迸裂，在空中炸出紅色團塊，有如煙火炸裂。

「打得好……啊，不對！」鳳閣感到內心驚魂感未散，「只有打死陰獸，危險的是坐著陰獸的人！」

同時間，紅色團塊中竄出了三道人影，兩個並排在前，一人影在後，三人以高超的技巧躍上了天空殿。

他們一落地，立刻以極快速度，朝鳳閣方向奔來。

鳳閣凝住道行，全身緊繃，瞪著那三個如同鬼魅般的身影。

「唉啊，可惜了這隻陰獸翼龍！竟然被一下打死了，風之獸都很難抓耶！到時候咱們該怎下去？」第一個人影嘮嘮叨叨地說著。

「不擔心，島上有陰獸。」另一個人影回答得相當簡略。

「也對，任務完成之後，抓一隻陰獸再下去就好，對了，我們再來打賭，誰先抓到島上的風之陰獸，誰就當哥哥？」

「不賭，你弟弟。」

「放屁！誰是你弟弟！我才是哥哥！」

當鳳閣瞧清楚了說話者的模樣，忍不住吃了一驚，一模一樣？難道他們是雙胞胎兄弟？

不過就在鳳閣驚疑之際，卻聽到跑在後頭的人影提聲一喝。「老七老八，收了這女人。」

「收到。」只見這兩個人邊奔跑著，手心跟著晃動，竟各自晃出兇惡兵器。

左邊人影拿的是一對透明雙斧，右邊人影手握的卻是一把大黑刀。

而就在這對雙胞胎拿出武器的一瞬間，鳳閣感到背後的寒毛全部豎起。

突然間她明白了，這會是她在陰界數十載以來，距離死亡最靠近的一刻。

「吼！」

只見她發出聲嘶力竭的怒吼，全身道行狂催到的超越極致，曾經橫行陰界的四獸拳發動，平衡的龍拳、極速的猴拳、堅固的豚拳，三者暴亂融合，全都集中在這穿破空氣如同烈焰的右拳之中！

砰。

這看似平凡無奇的一低響。

三個人，在短短的一瞬間，交上了手。

兩兄弟一左一右穿過了鳳閣，沒有停步繼續往前奔跑，跑上了天空殿，又跑向了遠方。

此地徒留鳳閣一人，而她的姿勢依然停留在右拳直揮的狀態。

當三人跑離了鳳閣數百公尺，黑刀男子率先開口。

「四獸拳？」他冷靜語氣中帶著一絲驚訝。

「對啊對啊，四獸拳耶，有龍拳、猴拳、豚拳，嘖嘖，只差虎拳就全部到齊了。」手持透明雙斧的男子回答。「沒想到過了百年，還有人可以湊齊其中三種拳法？」

「幸好，無虎。」黑刀男子說，「否則，麻煩。」

「是啦，四獸拳百年前據說是足以改變黑幫與政府的地下拳法，少了虎的威猛與破壞力，就不足為懼了。」雙斧黑影冷笑兩聲，「不過那女人也是厲害，讓我們兄弟用上六成功夫？而且，還沒殺死她？」

「哼，一個乙級星都沒殺死，你們退步了？」後面的黑影開口了，她長髮飄飄，身材纖細高眺，是一個頗有性格的美女。

「不是啊，二姐。」手持玻璃斧的男子回頭笑。「她練成四獸拳之三，底氣頗硬，加上我們只有一擊的機會，不然我立馬回頭再補她一斧，保證完成任務！」

「哼，我們趕時間，哪還有機會回頭？」那女子冷冷一笑。「算了，咱們真正的目標在島內，辦正事要緊。」

「是，二姐！」玻璃斧男子舉起手，做出敬禮的姿勢。

而鳳閣這一處呢？就在三人遠去，她仍維持著右直拳的狀態，直到她身體傳來啪的一聲。

緊接著，她右手的衣袖啪啪啪啪全部碎裂，不只如此，她右臂的肌膚上，更浮現一條條可怕的血痕，血痕往外腫脹，然後炸出點點血花。

只見血痕不斷延伸，從手臂一直延伸到了鳳閣脖子，最後甚至到了下巴處，才終於停住。

但就算停住，鳳閣也已經半身鮮血。

「呼，呼，呼。」鳳閣喘著氣，目光對上一旁的巨鯨，巨鯨露出擔心的眼神。「沒事，沒事，剛剛那兩人若道行再高上半分，我就必死無疑了。」

「嗚。」巨鯨低沉的鳴叫著。

「不過，他們是闖入天空殿？若琴與莫言碰上了他們，」鳳閣眉頭皺起，「恐怕危險，不，不，不只危險，會有生命之虞啊。」

天空殿中央的小鎮，也是琴、莫言，以及長生星所在之地。

他們來到一間小屋內，小屋擺設簡潔，最醒目的還是擺在屋子正中央的大棋盤，這裡當然就是長生星的家。

琴坐著，而長生星就坐在她的對面，閉著眼睛，不知道在感受著什麼？

「怎麼樣？」琴看著長生星，而長生星已經三分鐘沒有說話了。

「……」長生星依然閉著眼，動也不動。

「長生星？」

「……」長生星依然動也不動。

「長生星？」琴湊上前，由下往上觀察著長生星，卻發現這長生星不只閉目養神，竟然還發出微微的鼾聲。

「喂！」琴在長生星耳邊大叫一聲。

「喝！啊！發生什麼事？發生……」長生星被琴這聲大叫，嚇得從椅子上彈起。

「長生星，你竟然睡著了，你剛剛不是說幫我看星格？怎麼看到睡著了？」

「其實也不是睡著，妳誤會了，」長生星捻了捻白鬍子，「我觀看星格，需要夢遊太虛，在太虛天地之間感受天地之氣，日月運轉，星斗轉移，才能明確知道這人具備了什麼星格啊？」

「真的假的？」琴看著長生星，半信半疑。「可是，你流口水了，還沾到鬍子了。」

「是嗎？竟然沒注意到自己睡到流口水，不不，」長生星急忙搖手，「這不叫口水，這叫生命之津，所謂風水風水，就是透過體內的水，與外界的氣互相密合，因為我體內生命之津滿了，才會湧現成為口水。」

「是嗎？」琴滿臉不信，「分明就是睡太熟流口水……」

「切莫多言！」長生星瞪了琴一眼，不過毫無威嚇力就是了。「既然老夫已經答應妳要幫妳看星格，自然不會食言，好啦，按照我的觀察，妳的命格是……」

命格是？

這一秒鐘，琴感覺到自己的心臟幾乎要停止。

我的命格是什麼？

是武曲嗎？還是不是？這麼多年的爭議與坎坷，不就是繞在「是不是武曲」這件事情上？地空地劫的叛變，大耗的枉死，小耗的流離，橫財的霸道，莫言的不語，木狼的狂妄，當年颱風之上，小天找來長生星，替琴看了命格，從此琴的命運天翻地覆，踏入了截然不同的旅程。

如今，在長者太陽星地藏的忠告下，琴再次找到長生星，只為了再問一次。

我，究竟是不是武曲？

如今，看到長生星又將眼睛閉上，輕輕搖頭晃腦，一副又要進入夢鄉的樣子。

「長生星……」

「別吵，我沒睡著。」

「喔好。」

「關於星格，我要和妳說一個故事。」長生星淡淡地說，「妳可知道，當年天使星小天，和我賭了三件事？」

「嗯。」

「因為我連輸小天三盤棋，就答應了他三件事：一是讓颱風中的陰獸不攻擊進入的某些人；二是幫他看一個女孩的星格……」

「那女孩，是我？」

「是的。」長生星點了點頭，「他把妳帶到我的面前，所以我也確實看了妳的星格。」

「但你當時說，我不是武曲星。」琴說。

「呵……」說到這，長生星突然苦笑，說話微微一頓。「這就是第三個賭注的內容了。」

「啊，第三個賭注的內容……」

「對，他當時來到我身邊，對我說，妳初來陰界，武力低下，情形不明，身邊圍繞著各懷鬼胎的人物，但小天也沒有把握誰善誰惡？」長生星說，「小天怕如果妳一直與這些懷著惡意的暗鬼相處，最後被他們利用，做出無法反悔的壞事，那就糟糕了。」

「暗鬼？」琴一愣。

當時的自己身邊有誰？

天廚星冷山饌、熱愛煮湯的大耗、千種麵食達人小耗，還有……後來讓琴咬牙切齒的，地空星小才、地劫星小傑，對了，當時莫言也在。

「我可不是暗鬼，我是小偷。」這時莫言看穿了琴的心思，開口道。

「我不是想到你。」琴和莫言相處甚久，深知莫言為人。「你嘴巴壞，但是好人。」

「我可從來不覺得自己是好人。」莫言冷笑一聲，就不再說話。

只聽到長生星繼續說著，「當時小天也不知道暗鬼是誰？但他說，要引出他們最好的辦法，就是讓他們以為妳不是武曲！」

「讓他們以為我，我，我不是武曲？」琴再次愣住，「要怎麼做？」

「說來簡單，」長生星呵呵一笑，「就是讓一個專門看星格的人，說出『妳不是武曲』即可。」

「啊。」琴睜大眼睛，「所以這一切都只是一個測試？」

「無論你是尊貴主星，強大甲星，特異乙星，低調丙星，都逃不過我長生星的法眼，不過，我可沒有保證……」長生星一笑。「可沒有保證，我要誠實以對。」

「所以……」

「所以，」長生星眼睛瞇起，「是的，當時我在小天的要求下，我騙了妳，也騙了所有人。」

「騙我……」

「結論當然就是，」長生星表情溫柔，竟與臨死前的小天有幾分相似。「妳就是武曲，如假包換的十四主星之一，武曲星。」

妳就是武曲，如假包換的十四主星，武曲星。

「為什麼？」琴激動地說，「為什麼要騙我？這麼多年來，我一直以為……」

「為什麼要騙妳？小天的心意，妳還不懂嗎？」

「啊。」

「當時我提醒過他，一旦此事被揭發，那群暗鬼惱羞成怒下，可能當場動手殺光一切。」長生星說到這，嘆了一口氣。「但他還是執意要做。」

「小天他……？」

「他還說，既然這是他佈的局，他會賭上性命保護妳的周全，」長生星語氣溫柔，「結果暗鬼們真的動手了，而小天，也真的為了保護妳而死亡，可惜的是，他死了，終究來不及把謎底跟妳說明白。」

「原來是這樣，原來是這樣……」琴低下頭，她想起了小天的樣子。

留著小鬍子，有點雅痞風格的他，是琴剛到陰界認識的，小天雖然對琴冷漠，但確實比誰都關心著琴。

而且如果不是小天，琴現在可能還和小才與小傑一起，被他們利用，變成完全不同的樣子，也許自己拿到了力量，但也殺了不少人。

如果，小天當時沒有佈下這一局，琴不會經歷這麼多事，不會有機會看到這麼多陰界的真實面貌。

這是小天的一番心意，這是他用生命為賭注，送給初到陰界的琴，一個最大的禮物。

小天……這個老是靠在門邊，有點冷眼看著琴，卻比誰都關心琴的男子。

「我……」想到這裡，琴覺得眼眶一片濕潤，她想說點什麼，卻發現自己什麼都說不出來。

「想哭，」長生星微微一笑，「就哭出來吧。」

「哇——」琴同時間，放聲大哭起來。

她也不知道自己在哭什麼？她是為了失去一個關心自己的小天而哭？是為了受了這麼多年委屈而哭？或是因為終於知道自己真實身分而哭？又或只是單純為了想哭而哭？

她已經搞不清楚了，她只是想哭。

她只是哭著。

一直哭，一直哭，哭了許久，是幾分鐘、十幾分鐘，抑或更久？琴才慢慢地停止哭泣。

她哭完了，用遞過來的手帕抹去眼淚。

她擦了幾下，才發現這手帕是莫言遞過來的。

「謝謝。」琴低聲說。

「嗯。」

只見琴擦了幾下，突然像是想起什麼似的，抬頭。「你這次怎麼沒有說我是愛哭鬼？」

「嗯。」莫言沒有說話，只是看著遠方。「這一次，不算愛哭。」

「喔？」琴看著莫言，想起剛剛莫言說自己不是好人，琴忍不住輕輕說：「莫言，你明明是好人。」

「放屁。」莫言冷哼一聲，「想清楚了嗎？」

「啊？」

「既然知道自己是武曲，接下來要做什麼事，想清楚了嗎？」

「我既然是武曲。」琴的眼眶因為哭泣而泛紅，但目光炯炯，那是清亮透徹的眼神。

「我得解開武曲當年留下的最大謎團，那就是聖・黃金炒飯。」

「可以。」

「另外，我也要像她一樣成立黑幫。」

「這也可以，不過，妳到底想成立什麼樣的黑幫？」

「我還沒想到，但我覺得剛剛紡織婆婆給的破布，好像給了我一點靈感。」琴一邊說，一邊拿出了那塊殘布，殘布上編織是一個女子，騎著酷似鴕鳥的鳥類，鳥類的後側還綁著大箱子。「我覺得這上面的女子就是我。而布上所繪的就是我未來會做的事。」

「嗯……這婆婆不斷織著『易主之布』，布中透露著未來，難道她就是丙等天德星？若是如此，她這張布確實可能是一個『暗示』。」莫言沉吟。

「第三件事，」琴看著莫言，此刻她的眼神帶著怒火。「就是我要找到小才和小傑，然後，狠很揍他們一頓。」

「地空星小才與地劫星小傑？」

「對。」琴拳頭握緊，「雖然我剛到陰界，他們確實有照顧我，但他們後來的行為真的太過分了，我不打算認他們作朋友了，下次遇到，我要用我的電箭，狠很揍他們。」

「很好，陰界講究以牙還牙，以眼還眼嘿。」莫言笑。「妳終於像個陰界人了。」

就在兩人討論之際，長生星忽然開口了。

「不對，不對啊。」

「咦？哪不對？」

「過往我看人星格，最多一眼，頂多兩眼，就能精準判斷。」長生星皺眉。「為何我會看到夢遊太虛？甚至滿出生命之津？」

「不是因為睡眠不足？睡覺流口水也很正常啊。」

「不！不是的！」長生星面容嚴肅。「我現在才懂，妳的命格有團黑影，使我無法看清。」

「咦？」

「這團黑影在我第一次看時尚未成形，如今已經大到足以遮蔽妳的星光。」長生星仰著頭，喃喃自語。「那是什麼？那究竟是什麼呢？」

「啊，黑影……」

「逆天奇格，雙生而降，同生異滅，武曲陷地。」長生星啊的一聲。「這是『盜命』格局。」

「盜命？」琴訝異，這次連向來冷靜的莫言都露出凝重神色。

「是的，十四主星合併其他星格共有一百零八顆星，源自古老紫微斗數，第一次彰顯於世人則是水滸傳，其中命格座落十大宮位，眾星互相環繞彼此牽連，決定每人運勢，也決定各朝運勢，其中在極少數，萬分之一的機會中，會出現所謂的奇格。」

「奇格……」

「妳的武曲命中帶著『盜命奇格』，也就是說，有另外一人也具備武曲資質，她足以取妳而代之！」

「有人想要盜武曲命格？」琴聽得心驚膽跳，她完全沒有聽過此事，而且看莫言的樣子，他似乎也完全不知道此事。

「盜命條件極為嚴格，盜命者與被盜命者原本就像是魂魄中的雙星，但因為些許的偏差，妳成為了武曲，而她可能成為略低於主星的甲級星，如此她才有機會盜取妳的命格。」長生星說，「所以，你們一定會非常的相像，如同雙胞胎般的相像。」

「那她要怎麼樣才能盜走我的命？」

「這說來複雜，但也簡單，那就是……」長生星說，「她要親手殺了妳。」

「殺、殺了我？」琴愣住。

「對，對方若也明白自己天命，恐怕會千方百計的殺死妳。」長生星嘆了一口氣，「妳得小心啊。」

「殺死我？」琴嘆了口氣，「長生星，對方殺了我就盜取了我的武曲之命，但我一輩子只能不斷地逃？甚至殺了對方嗎？」

「並不是，盜命奇格其實也是妳自己造成的，因為妳並不完整，只要妳能完整妳的命格，對方就不能對妳怎麼樣了……」

「完整什麼，我很完整啊，我哪有欠缺武曲的什麼……啊……」琴說到這，忽然一頓，目光看向莫言。「難道是因為，那東西？」

「看樣子，就是。」莫言嘆氣，「妳再不收集完全，遲早會遭到盜命。」

「嗯。」琴閉上眼，嘆了一口氣。「可是我不知道最後一項食材在哪啊？那個蛋？」

「必須根據線索，蛋也許……」忽然，莫言手快速伸出，摸著琴的頭。

「幹嘛摸我？我又不是小孩？」

但下一秒，莫言做的事情，卻讓琴驚訝了，他的手猛力下壓，把琴的頭給壓了下去。

這一壓，讓琴哇哇大叫。「莫言，幹嘛？不要開玩……」

但也在這一瞬間，這棟小屋的玻璃，猛然碎開。

屋子的兩側玻璃同時碎裂，在一片晶亮如雨的碎片中，兩把武器已然射了進來。

那是一對在空中盤旋飛舞的雙斧，還有一把鋒利絕倫的黑刀，兩把武器，驚險地擦過琴的頭部。

如果不是莫言這一壓，就怕琴的腦袋就要被當場削了下來。

然後，一個琴曾經熟悉的聲音，從窗外傳了進來。

「聽說有人要用電箭痛揍我們？我們很期待呢。」

莫言手上收納袋不斷捲動增加，有如透明漩渦。「不過是兩個甲級星，想在我擎羊星手下殺人？得看你們有沒有那個能耐！」

下一刻，莫言甩出了收納袋，有如透明游蛇般的收納袋，在狹小的屋子內展現高度的操控性，追上玻璃雙斧和黑刀，並捲住兩大兵器的柄部。

「給我出去！」莫言一甩收納袋，把黑刀和雙斧往門外甩去。

但只甩到一半，這對武器，就被兩雙手牢牢握住。

不只握住，伴隨而來的是，強而有力的攻擊。

雙斧者，把雙斧舞成一團迷離絢麗的鋒利球體，嘶嘶嘶嘶一陣亂響，把收納袋扯爛成碎片。

而黑刀者，雙手握刀，往地下一劈，藉由黑刀與地面的撞擊，將所有纏繞其上的收納袋砍成兩半。

他們破解了收納袋，更順著攻勢，往前踏上幾步，左右兩側夾擊莫言。

「在下甲級地空星，小才是也。」手握雙斧者，竟是與琴多年恩怨糾纏的小才，他的雙斧以玻璃製成，可順應他的意志在戰鬥中變化成不同樣貌。

只見他雙斧時而長，時而短，時而蜿蜒如蛇，時而剛硬如刀，從左側猛攻向莫言。

莫言左方捲起層層收納袋，收納袋同樣屬於不定型武器，在莫言手上更展現萬千變化，堪堪抵住了小才的雙斧猛攻。

但莫言並未露出任何放鬆神情，因為右方的攻擊才是真正的威脅。

「甲級地劫星，小傑，見過擎羊神偷。」小傑罕見的多用了幾個字，足見他對莫言這一代神偷的慎重。

但口中越是敬重，手中的黑刀也就越狠厲，黑刀走的是直線，在小傑面前化成一筆一筆縱橫交錯的黑直線。

也就在此刻，更可見莫言深厚的甲級星功力，他右手收納袋不走剛硬路線，反而轉化成更柔軟、更詭譎的流水狀態。

流水如藤，纏上筆直黑線，初時黑線尚可俐落地將流水切斷，但隨著流水越來越多，有如黏滯糨糊，讓黑刀揮刀速度不斷減慢，揮起來更重若百斤。

這時，向來話多的小才笑了兩聲。「不錯，不愧是擎羊神偷莫言，難怪世人對神偷鬼盜的評價在我們之上，不過啊，我怎麼只看到你一個人呢？橫財呢？鬼盜橫財不在，只有一個神偷……只要我們用上七成力量，就足以擊敗嘍。」

七成力量。

這句話一出，雙胞胎兄弟兩人默契十足，同時在武器上灌注道行，而莫言更感到氣息一窒，原本游刃有餘的收納袋防禦被迫後縮，連退三步。

「怎麼樣？兩個甲級星，夠敗你了吧？」小才哈哈大笑。

「對，兩個殺手型的甲級星，我一人確實對付不了。」莫言嘴角揚起，「但如果我加上一個半吊子主星呢？」

一個半吊子的主星？

就在雙胞胎還在理解這句話含意的同時，他們眼前就出現一道迅捷無比的藍色電光。

藍色電箭。

電箭不只速度快，威力更是不可小覷，電光炸裂中，已正面撞擊小才的玻璃雙斧，震得小才飛騰了半個身體，但小才隨即面露猙獰，不斷翻動雙斧，以更強大的斧力回壓住電箭。

這一箭，已是琴的全力施為，她知道對手等級極高，她沒有任何留力，一枚藍箭後又跟著一枚藍箭，一枚接著一枚，帶著要將小才痛殺的決心，發動了她的攻勢。

「不錯，不錯不錯，不錯不錯不錯不錯不錯不錯！」小才以雙斧承受著藍箭發狂猛攻，斧速極快，有如車輪猛轉，不斷地將藍色電箭的能量炸裂。

紅橙黃綠藍靛紫，藍箭已是七色電箭的最後三色，是琴歷經了這麼長的陰界旅程終於到達的藍色電箭，其威力足以擊敗A級陰獸，甚至是破壞掉半座高塔。

但，藍色電箭卻沒有完全壓制住地空星小才。

在暴亂的藍色電光照映下，小才臉上是得意狂笑。「琴姐，妳進步好多好多啊。不過，是也該讓妳看一下，我身為甲級星真正的實力了啊。」

下一秒，琴確實見識到了小才的力量，這是多年前什麼都不懂的她，從未想過的……原來這甲級地空星，是這麼可怕？

小才的雙斧在瞬間合而為一，合成一把體積兩倍的巨斧，然後小才雙手握斧，發出大喝，往下砍去。

轟！大斧夾著勇猛無比的道行，如戰場上一輛戰車把射來藍箭一口氣全部撞碎，而且不只撞碎，鋒利斧勁在地面炸出一條直線，直朝著琴衝來。

「這就是甲級星的實力？」琴驚，望著這衝著自己而來的炸裂直線，她雙手積聚猛烈的電流，然後猛然往地面拍去。

藍色的電，象徵此刻琴全部力量的一擊。

和地面上的大斧道行兩兩相撞，把琴整個人炸離了地面，她背脊撞上了天花板，正感到一陣吃痛之際，她看見了，小才竟然已經從地面上躍起，朝著琴追了上來。

而小才手上那明亮的玻璃小斧，就要把琴在空中劈成兩塊了！

「對，這就是我們這種只追求殺戮的戰鬥甲級星實力！」小才目露殺機，手上大斧就要劈中琴。

可是，他的斧有劈中琴嗎？

沒有。因為他的手舉到一半，竟就這樣卡住。

卡住的原因，是一圈從後面急射而來的收納袋，捲住了這柄大斧。

「給我下來！」莫言大喝。

收納袋中傳來猛烈道行，把在半空中的小才往後扯去，扯到失去重心就要掉落地面。

同時間，莫言更大喝。

「傻琴！妳還在等什麼？這小子破綻大開啊！」

琴一愣，對，被收納袋纏住，正失重墜落的小才，正是最好的獵物。

「我不傻！你才是笨莫言！」琴在天花板上急速拉弓，象徵著速度、力量，以及破壞的藍色電箭，咻然射出。

藍色電箭速度快猛，直直射中還在墜落的小才胸口，更加速了小才的墜地速度，轟然一聲，小才整個人與電箭都一起被轟入地板之中，更引起整間屋子劇烈震動。

「漂亮。」莫言難得稱讚了琴，下一刻，他另外一隻手張開，數十個收納袋洶湧而出。

剛好接住從旁而來，殺氣騰騰的黑刀一擊。

黑刀砍了一袋，緊跟著又是一袋，一袋接著一袋，數十袋同時噴出，有如暴雨後生長的蘑菇，爭先恐後地往地劫星小傑方向湧去。

如此奇詭的畫面，也虧得小傑生性冷靜，身經百戰，他招式不亂，一刀接著一刀絲毫不馬虎，穩穩的砍破激湧而來的收納袋。

當黑刀穿破湧來的收納袋蘑菇，琴也趁隙發箭，要攻入小傑破綻，虧得小傑一手黑刀使得出神入化，硬是扛住這波攻擊。

這幾回合下來，小傑雖然無傷，卻也無力進逼，而小才更滿身狼狽的從地面爬出，呸的一聲，吐出一口鮮血。

「怎麼樣？」琴雙手扠腰。「就算兩個戰鬥甲級星又怎麼樣？我們一個甲級星加上我一個半吊子主星，照樣打敗你們。」

「我承認，你們合作默契十足，確實不容易打敗。」小才退了兩步，收了招。

「嗯。」奇怪的是，小傑喝的一聲，猛力揮刀把莫言的收納袋擊開之後，也收了招。

然後，他們同時雙手抱拳，抬頭看向天花板。

「咦？你們在看什麼？」琴繼續扠腰，「你們要拜拜嗎？我從來沒看過有陰魂會拜拜的？自己都是鬼了，幹嘛還拜拜？」

「不是拜拜。」小才開口了。「我們是恭請……」

「恭請？」

「恭請，二姐親自出手！」

「啊？二姐？」

這一剎那，琴忽然看見了整個小屋，竟然下起了一大片晶亮的藍色之雨，雨珠透著凜冽寒氣，嘩啦嘩啦灑落下來。

寒氣之中，琴聽到了莫言的低語。

「糟糕。」

「糟糕？」

「來者莫非是……十八甲級星中，最惡毒也最危險的……」

「誰？」

「甲級，化忌星，霜。」

霜？聽到這名字，琴莫名的感到一陣心慌，同時間，小屋的冰雨不斷地下著，小屋的溫度不斷陡降，連原本瑟縮躲在一旁的長生星，牙齒都格格打顫。

「這冰之中夾帶著道行啊……不然怎麼連有星格的長生星都受不了？」琴感覺著四面八方逼來的寒氣。「冰冷中充滿了惡意的道行！」

「妳說我的冰中帶著惡意嗎？嘻嘻，謝謝妳的稱讚啊。」

一個聲音突然從天花板處傳出，同時間，天花板被穿破一洞，然後某物體就這樣疾射出來！

這物體，讓琴產生了莫名的熟悉感。

「箭？」

對，眼前這疾射而來的物體，正是琴最拿手的兵器，箭。

只是此箭並非琴擅用的電光之箭，而圍繞著陰寒氣息，這是冰之箭。

「用箭？我怕妳喔。」琴這一刻產生了好勝心，左手朝前，雷弦從手腕而生，同時右手拉弓放弦，電光之箭頓時射出。

電光中透著如海洋般的深藍光芒，這是琴此刻的全力一箭，藍色電箭。

下一刻，冰箭尖對上電箭尖，兩箭在空中精準對撞。

而勝負，卻在一眨眼就分了出來。

琴的藍色電箭，竟然瞬間崩解。

電箭瞬間化成四散流竄的電流，再也無力維持型態，被冰箭一貫而穿。

琴無數歷練才造就的藍色電箭，竟在這冰箭之下，如此脆弱不堪！

「啊。」琴吃了一驚，正要後退，但下一秒，讓她更吃驚的事情映入了眼簾。

這疾射而來的冰箭，竟也有著道行的顏色。

比藍色更濃、更深邃，那是「靛青色」。

紅橙黃綠藍靛紫的最後第二色，靛色。

「熟悉嗎？這是七色箭，讓我用比妳更高一階的靛色冰箭。」那聲音，就這樣從屋頂中飄然而下。「讓妳死得瞑目吧。」

「靛色冰箭！」琴尖叫，但她攻勢已潰，唯一能做的，就是舉起雷弦，擋在自己的身前。

「啊！傻琴！」莫言見到琴身陷危險，急忙使出收納袋，試圖出手救琴，不過這次卻卻多了棘手的兩隻攔路虎。

雙斧和黑刀，雙胞胎同時出手，默契十足，頓時擋住了莫言的救援。

「你的對手是我們，可別忘了，擎羊星莫言。」在莫言面前的，是一雙殺氣騰騰的眼睛。「你的對手，可是兩個甲級星！」

莫言被阻，琴必須獨自面對這次強敵，只聽到「啊！」琴大叫一聲，靛色冰箭已然射中她，在炸裂的冰箭中，被轟上了小屋牆壁。

只見那人影飄然落下，窈窕身形在冰雪中高速移動，撲向琴撞開的牆壁處。

下一秒，一陣電光從牆壁中反撲回來，那人影一笑，輕輕伸手，以冰盾格開了這陣電光，然後輕巧後退。

「沒有死呢，為什麼？啊。」那身影飄然後退，「是『雷弦』救了妳嗎？」

「哼。」琴從破碎的牆壁洞窟慢慢走了出來，左手上的雷弦閃爍著燦爛電光。「是雷弦救了我又怎麼樣？」

「怎麼樣？當然就是，殺了妳，然後搶下妳的雷弦啊。」那身影倩然一笑。

就在這一剎那，琴看清楚了眼前身影的模樣，不禁咦的一聲。

好像。

對，眼前這女子，好像自己啊。

黑色長髮，高䠷纖細身材，大大的眼睛，還有一對小虎牙，連臉上那天生的蠻橫與任性都有幾分相似。

「妳是誰？」琴訝異，「為什麼，這麼像我？」

「妳才是誰？」對方冷然回應，「妳才像我吧。」

「等等，剛剛長生星有說，如果星格之間可以盜命，雙方必然相當相似。」琴比著眼前的女子。「妳，就是那個人？」

「我就是甲級星化忌星，霜。」那女子昂然看著琴，目光中殺氣凜冽。「什麼那個人？從今天開始，就只有我，沒有妳了。」

這句話剛說完，女子往前一踏，同時間右手凝聚滿滿冰氣，朝著琴的額頭天門，就這樣拍了下去。

「妳也用掌？」琴感到背脊發涼，她同樣伸出右掌，掌心滿滿電光，朝著對方的手掌回拍而去。

電光對上冰氣，雙方都是無形無體的能量，這一觸碰，琴與霜都是一震，但都感覺到那莫名的熟悉感。

連運勁的方式都一模一樣嗎？

霜收回右掌，左掌跟著挺出，同樣的森然冰氣，在她左掌掌心變得尖銳鋒利，化成一把冰錐。

琴也以左掌應對，掌心電光不斷拉長且撓曲變形，化成一條長鞭，捆住了冰錐，抑制住冰錐的攻擊。

這一刻，雙方一掌相抵，另一手冰器電鞭糾纏，出現短暫僵持的狀態。

不過，僵持的時間卻不長，短短一分鐘後，霜忽然笑了。

笑容與琴一樣會露出虎牙，那是與生俱來的可愛，但霜的五官中卻比琴多了一分陰冷。

「試得差不多了，果然和我想的一樣，妳就這點能耐而已啊。」霜笑著，「給妳當武曲。真的太浪費了啊。」

「什麼浪費？」琴正要回話，忽然感到氣息一窒，對方雙掌的力量陡然加強，強到琴雙手痠軟，就要支撐不住。

「不如，現在就死一死吧。」霜再笑，同時間，她身體的周圍一公尺處，竟然浮現了一點一點的藍色亮光。

那是冰粒的結晶。

更是霜取自空氣，可以無限製造的，致命暗器。

「啊。」琴知道眼前危險，但她想抽手，雙掌卻被霜的雙掌黏住，讓琴連逃都無處可逃。

「死吧。」霜低喝。「冰系之力，『穿心而過的千言萬語』！」

穿心而過的千言萬語。

下一秒，琴看見眼前霜製造出來的冰粒，真如千言萬語般閃閃發光，同時朝著自己衝了過來。

根據過去經驗，每次琴遇到危險，總會有人及時出手相救，琴目光移去，只是……莫言的情況卻讓琴呼吸停滯，甚至啊了一聲。

因為莫言的狀況，遠比琴更慘烈。

小才小傑不只是兩個殺手型甲級星，這數十年來吃喝一起，每場戰鬥更從未分開，他們的默契比雙胞胎更雙胞胎，一旦完美合璧攻擊，絕對足以誅殺現今每一個甲級星。

而莫言，就這樣成為雙胞胎合璧下的犧牲品，他身體半邊已經染紅，手上的收納袋不斷舞動，卻不斷被雙斧與黑刀絞碎斬斷，被打得是險象環生。

「莫言！」琴忍不住大叫。

「別看我，管好自己。」莫言面對如此險境，語氣卻依然冷靜，他收納袋雖處劣勢，卻仍展現一代好手的尊嚴，不時伺機反擊，讓雙胞胎無法盡情展開殺戮。

「嗯。」琴回神，專注看著眼前正猛撲而來的千萬顆冰珠，每顆冰珠都在加速，都擁有穿透陰魂身體的銳利。

她能做的，只有將所有的電能都集中到身體前方，形成一個如同電網般的防禦體，抵銷撞擊而來的冰珠。

但，當冰珠撞上電網的瞬間，爆發電光與冰粒的混亂轟炸時，琴就知道自己撐不久了。

電網雖密，卻無法完全滅去射來的冰粒，就像大氣層雖然又厚又深，卻仍有許多隕石穿層而過，在地球表面炸出大洞。

冰粒就如同隕石，源源不絕密密麻麻的千言萬語冰粒，一部分被電網消磨消失，但仍有大部分穿過其中，直接射中琴的身體，冰粒威力已降，但仍在琴身上射出點點血跡。

琴無法逃脫，因為雙掌被霜緊緊黏住，只能任憑身上的血跡不斷激增，鮮紅面積更是不斷擴大。

糟糕，這次好像會死？琴看向莫言，這傢伙完全無法抽出手來幫琴自己，因為他也同樣半身浴血。

「喂。」莫言開口了，「這樣下去，我們都會死。」

「啊，莫言說這種喪氣話，真不像你。」琴感覺到身上不斷湧出鮮血，「你不是神偷嗎？想點辦法啊。」

「方法是有啊。」莫言甩動收納袋，格開了小傑的黑刀，但同時左手臂也被小才的雙斧割出一條鮮紅血痕。

原本手臂上就被割上十幾條血痕的莫言，如今又多了一條。

「咦？」

「我等會一用這個方法，妳就往外跑嘿。」莫言說。

「喂，你說得這麼大聲，他們都聽到了，等一下你的大絕招還有用嗎？」琴雙手撐著，電網力量不斷減弱，快要被千萬顆冰珠給穿破了。

「沒差。」莫言單邊嘴角揚起，那是他帶著邪氣的笑容。「不就妳剛剛說的？我可是神偷呢。」

我可是神偷呢。琴瞇著眼，看著莫言的笑。

對，這是嘴角單邊揚起的笑，這是帶著邪氣的笑，確實是莫言的笑，但是，總感覺到哪裡不一樣。

在這笑容中，好像多了某種情感，那是冷漠的莫言，從未顯露出來的情感。

莫言，他的絕招到底是什麼？真的可以讓他們兩個人都逃離這裡嗎？

而就在此時，莫言提氣一喝。「跑！琴！往外跑！」

琴還沒想通這一切，整棟屋子突然充滿高速流動的晶光，那是莫言一口氣釋放了數十條透明巨小龍！

小龍是收納袋組成，這招莫言曾經在僧幫使用過，只是當時是吞噬咒的巨龍，而這次換成能夠以一打多，攻擊力更強的群小龍。

「群龍出穴！」龍群的核心，正是這一切的創造者，莫言。

「真的是絕招來了！」小才見狀，手中迷離雙斧不斷旋轉，轉成一個透明大盾，迎向高速衝來的收納袋小龍。

衝力威猛，小才撐了數隻小龍之後，盾體已然出現裂痕，逼得他不斷往後退。

收納袋之龍逼退了小才，另一側，又是十條小龍帶著銀色鋒芒，咬向地劫星小傑。

這時才見到小傑頂級功力，他雙手握刀，在空中以驚人高速，切出了一個黑色十字。

十字鋒利絕倫，破去第一隻龍。

緊接著第二隻龍，迎向第二個十字，龍再次破碎。

第三個十字，第三條龍，第四個十字，第四條龍……小傑百分之百實力釋放，在短短一秒內，砍出八個黑色十字，破去八條龍。

雖然小傑以黑刀不斷斬龍，但莫言此招以真元打出，小龍湧出的速度更快，轉眼就超越了黑刀揮舞速度，小傑終於撐不住，雙手虎口濺血，被小龍帶著撞上了牆壁。

小龍不只逼退了小才和小傑，莫言手一揮，又是數十條小龍在空中上下游動，這次游向了化忌星，霜。

霜知道來者厲害，右腳往地下一蹬，背後爆發冰氣，冰氣在空中凝結成各種兇惡兵器，冰鋸齒輪、冰利牙剪、冰狼牙棒、冰裂地斧、冰斬馬刀、冰破腦鎚、殺氣騰騰的迎向這些游動的收納袋之龍。

但收納袋龍絕對是莫言極限之作，一口氣衝入霜製造的兇惡兵器之冰陣，碎裂猛飛的冰屑中，把冰陣破壞掉大半。

而同時間，琴覺得雙手壓力一鬆，霜終於被迫放開了琴。

琴一個轉身，她應承著與莫言的約定，電勁在雙腿間遊走，讓琴如獵豹般往外衝逃。

琴在不斷飛騰游動的收納龍之中狂奔，不用一秒就到達門口，她知道生路就在眼前，她鬆了一口氣，微笑回頭。

「莫言你這招壓箱底的招數果然厲害，我們走吧……咦？」

琴回頭，赫然發現，莫言沒有在她身後，莫言竟然依然在小屋中心，高瘦的背影，奮力操縱著數十條小龍，獨自面對著面前三個兇神惡煞般的甲級星。

「莫言！你在幹嘛？快走啊！」琴想起剛剛莫言笑容那難以名狀的情感，琴莫名感到心慌。

但，就在琴疑惑之際，化忌星霜卻替莫言回答了。

「唉啊，妳怎麼不懂呢？」霜嫣然一笑，手上冰氣攻擊越來越猛烈。「莫言這一招耗盡真元，是很有威力沒錯，但必須人在現場操縱這些龍啊，不然馬上就會被我們攻破了。」

「啊。」琴一愣，「所以，莫言你……」

「他要犧牲自己，獨自阻擋我們三個，讓妳平安離開。」霜眼睛瞇起，「這男人，對妳頗好啊，武曲。」

「莫言……不，不行啦！」琴這剎那也懂了，莫言那個笑容的意思，他要犧牲自己！他連一打二都贏不了，何況還是一打三，對手還是殺人不眨眼的三個殺手甲級星。

莫言一人留下，會死，會死掉的！

而此刻，一直沉默硬撐三大高手的莫言開口了。

「這哪裡是任性的時候！」莫言提聲高喝，此刻他的鮮血不斷累積，滿屋竄動的小龍群正不斷被擊殺。「妳留下來，死的就是兩個！」

「那換我抵擋他們，你走！」

「傻瓜，妳一人擋得住他們嗎？」莫言長聲笑了，「妳現在能做的事，就是給我滾，然後去找橫財。」

「橫財？」琴一愣。

「神偷若死，鬼盜自然不會漠視。」莫言突然提高聲音，「給我滾出去！然後活下去！」

給我滾出去！然後活下去！

這聲大吼帶著道行，更帶著莫言犧牲自己的決心，化成一股淩厲且溫柔的強風，吹得琴往後推去。

硬是把琴推出了小屋門外。

琴被推得踉蹌後退，她只能回頭看上莫言一眼，莫言高挺的背影滿是鮮血，但依然如一座高山，擋在了所有的攻擊。

而莫言轉過半個頭，嘴角揚起。

「可惜啊，沒看到妳再組黑幫啊。」莫言眼神溫柔，「當年的武曲，統領千軍萬馬之時，可是真的帥爆了，再見了武曲。」

再見了武曲。

然後，琴完全退出了小屋外，同時間，莫言運起道行，砰的一聲，門被關上。

琴跌落在門外，她想放聲大哭，她知道門後的莫言，當真元耗盡，勢必遭遇無法想像的虐殺，最後終將化成一具冰冷屍體。

她不想放棄，她一定要救莫言，只要有任何一絲機會。

任何一絲機會……

屋內，群龍的數目正在驟減。

冰氣、黑刀以及雙斧，已經完全抑制了暴走的龍群。

尤其是霜，她操縱的冰氣，在她身邊形成七、八團冰球，每個冰球都像是砲口般不斷射出冰彈，把游來收納龍群一一擊落，轉眼，她已經來到莫言面前。

「神偷，我是很佩服你犧牲的精神。」霜冷笑著，「但就算你犧牲了自己，這座天空殿一片空曠，我們要追上你親愛的小姑娘琴，可是輕而易舉。」

另一頭，黑刀的十字也砍殺了滿地的小龍，小傑踩過滿地收納袋，帶著激戰後的血污，來到莫言面前。

「佩服你，但該殺。」

簡單的六字，表達了小傑的敬意，以及非殺莫言不可的決心。

第三個解開小龍攻勢的是雙斧小才，他雙斧來回上下劈著，有如在砧板上剁菜，剁剁剁剁，剁出了一條通道，直通向莫言面前。

「你沒有龍了，你要死了，嘿嘿。」小才抹去嘴邊的血痕，剛剛的群龍猛襲，讓他也受了一定程度的傷害，不過，他不愧是話最多的一個。「其實你死前一定很多疑問吧？像是我們為什麼對這裡這麼熟悉？這麼快就能衝到這裡？因為我們要找的東西藏在這裡，所以已經不是我們第一次來這裡了。」

莫言呢？他喘著氣，剛剛群龍出穴這招一出，確實強壓住三大高手，但也讓他力氣放盡，再也無力反擊。

此刻的他，已經連一只收納袋都打不出來了。

「莫言，你沒戰力了，跪下吧。」只見霜右手輕彈，冰粒射中莫言膝蓋，道行耗盡的莫言頓時單膝跪地。

但，就算莫言已經跪地，眼睛仍直直地看著霜。

他的眼神，沒有半點怯懦，這就是擎羊星神偷，至死仍在的驕傲與尊嚴。

「若要招降你加入十隻猴子，想必也是不可能，是嗎？」面對如此驕傲的莫言，霜漂亮的臉蛋露出微笑，同時高舉起了右手，手心冰氣凝聚。「若要怪，就怪你和武曲跑錯地方，剛好跑到我們的尋寶地，讓我們能一箭雙鵰吧。」

「是大農大富吧？」忽然，莫言開口了。

「喔？」

「尋寶地，肯定和大農大富有關，對吧？」莫言眼神銳利，腦筋靈活，死前仍不改神偷本色。

「不愧是神偷，很能猜嘛。」小才嘿嘿地笑著，「不過你猜得出我們要找的是什麼嗎？」

「大農大富會受到強大能量影響，」莫言笑了一聲，「恐怕是哪一把『十大神兵』，被藏在這裡了？」

「呦？」小才和小傑互看一眼。

「不對不對，大農大富有兩種，兩種互相抗衡，難道，」莫言嘿嘿地說著，「這裡不止一把神兵，有兩把？是嗎？」

「你這傢伙怎麼這麼會猜，連我們要找七——」小才臉色驟變，但他的話說到一半，就被霜高聲打斷。

「住口，小才。」霜瞪著莫言，忽然笑了，可愛的虎牙卻是惡意的靈魂。「你沒感覺到嗎？這神偷東扯西扯是要拖延時間，你要替那個女孩爭取時間嗎？希望她能逃遠一點？」

「我沒打算替她爭取，我只是……」莫言正要說話，忽然看見眼前冷光一晃，霜竟然不打算給莫言任何說話的機會，右掌夾著猛烈冰氣，就直直地朝著莫言腦門拍下。

「你直接受死吧。」

面對兇惡之掌，莫言卻沒有閉眼，他的目光遙望向屋外的遠方，琴跑多遠了？跑過那個空亡星了嗎？還是紡織機婆婆那裡呢？是否來得及到鳳閣和巨鯨的位置呢？

可惜，終於確定了琴的「武曲」身分，琴就要踏上十四主星爭霸天下的道路，但莫言自己……卻已經不在了。

莫言看著窗外的燦藍天空，看著看著，忽然，他露出古怪的表情。

因為，他看見了一個大大的三角形。

這大大的三角形，就這樣乘載著琴，轟然從外面衝了進來。

「混蛋！這是什麼！」混亂中，霜驚呼。
「風，風帶著道行，會割人，要防守！」
「是陰獸！如此威能的陰獸？百大陰獸之一？」
在霜與小才小傑的驚呼聲中，這又大又快的三角形，夾著雷厲暴風，撞入屋內，牠的不斷迴轉，在小屋內捲起狂暴足以切斷肉體的強風。
牠是紙飛機，百大陰獸中排行八十四的紙飛機！
「我來救你了！莫言！」琴大叫，「我帶著紙飛機來救你了！」
屋內三大甲級星，化忌、地劫、地空，三人都是頂尖的戰鬥好手，但面對這突如其來不屬於人類型態的陰獸突襲，又是在如此狹窄的小屋，一時間也是慌了手腳。
所有人都在這一剎那，基於本能做出了自保的動作。
這團混亂給了莫言原本非死不可的局，出現了一瞬即逝的機會。
一切，都源自一隻纖細的手。
莫言抬起頭，看見那一隻手正在自己的面前，攤開了纖細的五指。

「就算你趕我走，我還是會回來。」手掌的主人，露出有著虎牙的微笑，但這次的虎牙不再陰森殘忍，而是任性且可愛。「所以，我回來救你了，莫言。」

「琴，妳真是有夠不聽話的。」莫言嘴角隱隱揚起，伸出了手，和琴的手握在一起。

「嘿嘿，我，就是一個任性鬼啊。」琴用力一拉，就這樣把莫言傷殘之軀拉上了紙飛機。

「走！紙飛機！」

紙飛機轟然前行，就要衝出這小屋，但飛到一半，忽然一陣冰冷氣息追了上來。

霜不愧是霜，身為十隻猴子第二把交椅的她，竟從一片混亂中找到了紙飛機的位置，以冰冷之手，抓住了紙飛機的尾巴。

「想趁亂逃走？給我下來！」霜目光帶怒。

「不下來。」琴回身，她知道莫言此刻重傷欲死，她只能靠自己了。

但她也知道自己剛才與霜交手，對方已經摸透了琴的所有電招，要怎麼將霜的手給打下來？一定要出其不意。

「穿心之……千言萬語。」琴雙掌同時往前，發出大喝。「雷電版！」

穿心之千言萬語，雷電版！

「好樣的！妳竟然偷了我的招式！」這剎那，霜只見眼前被一大片明亮到眼睛睜不開的電光遮蔽，然後，緊接而來是全身上下被千萬雷電擊中的劇痛。

劇痛中，霜鬆開了冰手。

而下一秒，小傑的黑刀也來了。

筆直的黑線，穿過流竄的風刃，就要插入紙飛機身軀中。

但，黑線距離紙飛機前五公分處，卻沒有繼續縮短，因為紙飛機已經飛了起來，牠可是風之陰獸！

牠可是飛翔與速度的風之陰獸，還是整個陰界排行前百名的大陰獸！

五公分，就這樣越拉越長，越拉越遠，變成了十公分、二十公分、一公尺，然後等到小傑的黑刀追出了小屋，紙飛機已經帶著琴與莫言，翱翔上了外面的藍天之上了。

遙遙地飛上了天際。

紙飛機翱翔上了天空，以牠的高速，頓時將小屋遠遠拋在後方。

紙飛機上，琴檢查著莫言的傷勢。

身上至少三十幾處刀傷，淺的割破了皮膚，重的甚至砍入了骨頭，不少傷口還混著冰毒，再加上莫言拚死釋放出「群龍出穴」，全身的道行一洩而盡，此刻的莫言，雖無性命大礙，但數日之內已經完全無法戰鬥了。

「真狠。」琴看著莫言的傷，想起剛才的戰鬥之險，不禁冷汗直流。

她與莫言一起經歷過不少冒險，貓街鼠窟，道幫僧幫，也曾遇過十四主星頂尖好手，但從沒有這一次這麼驚險，因為這次的對手，每一次出手，都為了「殺」。

沒有必須執著的尊嚴，沒有老謀深算的詭計，沒有欲擒故縱的手段，這三人之所以可怕，就在於他們的純粹。

「放心，死不了嘿。」莫言睜開眼睛，臉露苦笑。「得找個地方躲藏了，這段時間我等同一般陰魂，毫無功力，任何一個政府殺手都能威脅我們。」

「嗯，了解。」琴點點頭，不說莫言此刻功力全失，就連琴自己經過這番激戰，道行也剩不到三分之一。「莫言，你知道他們為什麼會突然出現在這裡嗎？」

「因為大農大富。」

「大農大富，你是說我們剛剛看到的草嗎？」琴一愣。

「看到他們出現，我才想通的！」莫言說，「為什麼這裡會出現這麼奇異的大農大富？因為這裡有能夠改變大農大富的巨大能量，那非十大神兵莫屬了。」

「十大神兵！」琴想起了手腕上的雷弦，這神兵來自武曲，曾經拯救自己多次，據說至今發揮不到原本威力的一半。

「若再細想，十大神兵之中哪一項與十隻猴子淵源最深？能引到他們當中的三強親自出馬？」莫言說到這，微微一頓。「想來想去，只有那麼一樣。」

「哪一樣？」

「十大兵器之一，滴火為了摯交好友親手煉鑄，千年來曾經奪去數百星格者的嗜血凶兵……」莫言眼神露出複雜光芒，「七殺刃！」

「七殺刃！」琴光聽到這名字，忽然感覺到一陣暈眩，那是一種熟悉卻又心驚的感覺。

這份熟悉，似乎來自深藏在武曲的靈魂中，與這嗜血凶兵曾經交手的記憶碎片。那每一下揮刀，都是噴上天際的頭顱，飛濺四方的鮮血。伴隨著持刀者雙眼中的悲傷，以及最古怪的部分，是環繞在戰場上，那不協調的哼歌聲。

啦啦，啦啦啦啦。

啦啦啦，啦啦啦。

唱著，殺著，不停止的悲傷著。

「他們三個隸屬殺手集團『十隻猴子』，其中第一隻猴子所使用的兵器就是『七殺刃』，所以那些人想要找回七殺刃，就合情合理了。」

「所以天空殿上藏著七殺刃？」琴聽到這，繼續追問。「七殺刃怎麼會藏在天空殿，天空殿數十年來不是和平者的遁逃之地嗎？」

「這件事我也覺得奇怪，但七殺刃這麼多年都沒人發現，可能是因為有另外一把神兵，抵銷了它的殺氣。」莫言說。

「啊，你是說另外一種大農大富？」

「對，而且還是如此尊貴的紫色。」莫言以自言自語的語氣。「難道，是已經消失足足六十年的……」

「的什麼？」

「紫微星專屬神兵，紫微劍。」

「啊？紫微？」琴說，「他是政府之首，率領六王魂對吧？但這幾年我都沒有聽到他的行蹤，連僧幫大戰也沒見到他？」

「對，紫微星才是政府之首，但他已經不問世事多年，更有謠傳說天相為了奪取易主之位，已經將他暗殺了。」

「暗殺？真的假的？」琴回想起天相岳老那冷酷的樣子，心想也許真有其事。

「易主時刻逼近，十大神兵會各自現蹤以追隨自己的主人，就像是妳出現時雷弦就跟著現身……如今，七殺刃和紫微劍兩大神兵竟同時現蹤……」莫言沉吟。

「也就是說，七殺星和紫微星都要出現了！」琴吞了一下口水，「七殺這名字感覺上就很可怕，紫微則感覺上尊貴，就很有資格搶易主王位，哇，兩個大咖要出現了？」

「是的，傳說每次七殺現身，都會死七個主星。」莫言苦笑，「不過令人介意的倒不只如此，那就是這兩大兵器『同時』與『同地』現身這件事。」

「同時和同地？」

「對，這兩個主星，難道有什麼糾葛嗎？他們會以死敵狀態出現？還是兩人是伙伴？兄弟？」莫言吐出一口氣，「這可是兩大主星，他們若聯手出現，絕對會對此時的陰界易主之戰，造成極大的震撼。」

「易主之戰啊。」琴吐吐舌頭。其實琴雖然也是十四主星之一，但她對「爭霸天下」其實沒啥興趣，她覺得紫微強也好，七殺可怕也好，反正自己不要惹他們就好。

「妳不惹他們，他們為了爭奪易主之位，也會來殺妳。」莫言看了琴一眼，彷彿看穿了琴的想法。「七殺星百年來一直是十隻猴子的老大，霜和雙胞胎急著來找七殺刃，也證明了他們知道七殺星快要現世，甚至說，他們可能連七殺的下落都知道，要用七殺刃讓他覺醒。」

「用七殺刃讓七殺覺醒？」琴想到，光是這三隻猴子就這麼可怕，如果七殺現世，那真的就是災難降臨了。

琴邊想著，一邊從紙飛機由上往下俯瞰著天空殿。

紙飛機不愧是風系陰獸的佼佼者，牠展翅翱翔，僅僅幾分鐘，就可以遠眺天空殿邊的巨鯨。

不過，也就在這時候，琴卻感覺到微微一頓。

紙飛機，減速了。

「怎麼了？」琴訝異，回頭一看，卻發現紙飛機的尾端有一個掌印，掌印又黑又藍，透出森森冷氣，紙面上扭曲變形，顯得觸目驚心。

琴想起他們逃出小屋時，霜抓住了紙飛機，是那時候打的嗎？

「這是那個臭女人打的嗎？」琴心疼地摸著紙飛機的傷口，「謝謝你紙飛機，你明明受傷了，還是硬撐著載我們到這裡？」

「紙飛機受傷了，就算能飛到巨鯨那，速度也減慢了。」莫言搖搖晃晃的想從紙飛機上站起，卻發現連站起都顯得虛弱無力。「就怕，還有一場惡戰。」

惡戰！

同時間，紙飛機已經開始下降，朝著遠處鳳閣和巨鯨處，逐漸逼近。

但也在同一時間，琴感到心臟一跳，就在背後不遠處，三個黑點已經夾著高速往這裡靠近。

那是有著冰形翅膀的霜、腳踩黑刀的小傑，以及雙腳踏著雙斧的小才。

怎麼會這樣？琴歪著頭嘆氣，不過就是要離開這座天空殿而已啊，到底是有多難啊？

第四章・電與冰，琴與霜

陽世。

「小風……小風學姐。」小靜訝異的睜大眼睛，「妳說什麼？妳要當我的……經紀人？」

「怎麼了？懷疑我嗎？」小風眼睛微瞇，笑得頑皮，也笑得自信，手指按在那紙合約上。「不相信我能把妳捧紅？」

「這，不是，我當然相信小風學姐，」小靜低下頭，「我只是覺得，自己這幾年沒紅，是我的問題，怕拖累……拖累小風學姐。」

「拖累？哈，憑妳要拖累我？還早的勒。」小風霸氣地說。「妳可以好好想想，要不要讓簽這張合約？確實，我對演藝圈完全不懂，更不知道歌壇規則，但是啊，我只有一個地方和其他人與眾不同。」

「哪個地方？」

「我是琴的同學，而妳是琴的學妹。」小風看著小靜，「所以，我會罩妳。」

所以，我會罩妳。

聽到這句話，小靜忍不住噗哧一聲笑了出來。

「咦？好笑嗎？」

「不，不是小風學姐好笑，而是……」小靜說著說著，竟然眼眶紅了。「這句話好像琴學姐會說的話喔。」

「嗯，是嗎？」小風也笑了，「對，確實很像琴會說的話，她超逞強的，但不知道為何，就是很帥。」

「對啊，琴學姐最帥的時候，就是她在逞強的時候。」

「那，妳決定了嗎？小靜。」

「決定了。」小靜抬起頭，挺起胸膛，雙手放在膝蓋上。「接下來，就麻煩小風學姐照顧了，小風學姐經紀人。」

「嗯。」小風一笑，「那就交給我吧，小靜歌手。」

小風，這幾年雖然在公司管理上開拓了驚人業績，但對演藝圈這一塊可是完全陌生，在這個講究創意、人脈，與天分的巨大叢林中，小風有如第一次拿到獵槍就要踏入其中的獵人。

而她手上唯一的王牌，就是這個曾經在歌唱大賽中奪得亞軍，個性溫柔安靜，卻擁有海嘯般歌聲的女孩，小靜。

但，她是小風。

她是一直很有辦法的小風。

她收到小靜的合約後兩天，動身去找了她少數認識的音樂人，也就是曾一起在小靜與蓉蓉家喝酒到天亮的強哥與鐵姑。

強哥聽完了小風的概念，露出完全不認同的搖頭。

「看在小靜的分上，我是可以幫妳，但我覺得不會成功。」強哥皺眉，「這件事，太吃運氣了。」

「我從來不信運氣。」小風微笑，看著強哥的雙眼。「我相信小靜。」

「我不認為妳相信的是小靜。」強哥感覺到小風的眼睛裡頭，那股神秘而尊貴的光芒。「我認為，妳相信的是自己。」

「哈哈。」小風大笑起來。「不愧是閱人無數的強哥，沒錯，我是相信我自己，而我更相信我一定會讓小靜紅起來，讓她得到應有的歌手身分。」

「好吧，這個忙我幫，但只能幫一次。」強哥說，「等我把東西弄好之後，找妳和小靜來試？」

「好，強哥謝謝。」小風起身，對強哥微微鞠躬，轉身離去。

當小風離去，留在原地的強哥，吐出一口氣。「最近工作都排到後年了，我怎麼還接這個案子？真奇怪，只要和這女孩一說話，不自覺就會想服從她的命令……算了算了，就當幫助小靜這女孩吧，明明歌唱實力這麼好，這幾年也太委屈她了。」

而小風呢？當她離開強哥的工作室之後，很快就去拜訪她下一個目標。

這裡，是一家玩具科技公司。

「小風小姐，妳的提案，我們不是不能做，給我們一個月的開發，只是……」這一家玩具科技公司的業務，摸著皺起來的額頭，如此說著。

「這東西包括設計費、製作費、材料費我都會付錢。」小風說。

「我知道。」那業務似乎有個習慣，遇到困擾到需要思考的事，額頭就會皺起，然後他就會用手摸摸額頭上的皺紋。

業務當然知道自家的能力，他們是專門做「科技玩具」，就像是會自己轉動的地球儀，能夠拍攝產出照片的玩具照相機，冬天會長出霧狀樹枝的玻璃球，他們有自己的研發部門，也有專門合作的工廠。

面對小風的提案，業務知道絕對難不倒公司裡面的研發人員，甚至可以想像研發人員那像是打了石膏般硬邦邦的臉，會露出什麼樣不屑的笑容，說著：「這太簡單了吧。」

但讓業務顧忌的，反而是小風的動機。

「小風小姐，不好意思，通常委託我們公司製作玩具的，不是大型連鎖玩具公司，就是動漫周邊商品，像您這樣以顧問公司起家，又經營房地產的，我實在不懂妳做這商品的目的……這名為『科技貼紙』的商品？」

「當然是想要拓展我的業務。」小風說得含糊，但含糊中卻有著她獨特的自信與說服力。「別擔心，就是一張張小貼紙而已，你覺得我還能做什麼壞事？」

「也是啦。」業務又摸了摸額頭的皺紋，他覺得頗奇妙，彷彿只要聽著小風講話，就會不自覺地想要去執行，該怎麼說呢？竟然像是聽從女王宣達的命令一樣。

「如果你們同意，那兩週後，我希望拿到樣品。」小風軟硬兼施地說，「我們來試試看效果，我相信你們可以的。」

「呃，兩週後？也太快了吧！」業務吃驚地說，再次摸著額頭的皺紋。

「我可以在金額上加上兩成，我希望快一點。」

「為什麼這麼急？您是有什麼樣的考量嗎？」

「我擔心的不是我，而是你們。」小風注視著業務，「我怕惡夢會侵襲你們。」

「惡夢？」

「沒事。」小風微笑，她開始收拾物品，準備離開。「那我們兩週後見了。」

「呃，呃，好。」

離開了科技玩具公司，小風吐出一口氣，她又繼續馬不停蹄地拜訪了許多公司，只是這些公司都令人費解，像是路邊看板廣告公司、小包面紙的製造公司，也找了人力派遣公司，以她天生領導力的手腕，將每間公司一個個串連起來。

最後，當一整個禮拜過去，小風忙完了一切事務，備妥她心中藍圖的各個座標時，她接到了強哥的電話。

「東西好了。」強哥的聲音在電話中顯出熬夜的疲倦，但又帶著一絲亢奮。「這次我很期待，絕對專屬於小靜，妳快點找小靜一起來驗收吧！」

「聽起來是好東西？」小風笑了。

「當然，我可是強哥呢。」

掛上電話，小風慢慢吐出一口氣，自言自語道：「計畫就要開始了，呼……琴啊，這次我可是和妳學的，我正要幹一件超級超級……逞強的事呢。」

陰界，天空殿。

紙飛機開始急降，朝著巨鯨方向俯衝，但背後三個黑點也越追越近，情勢越來越危急。

就在紙飛機要降落到地面的同時，琴感到背後一陣金屬寒氣逼近，回頭，一道黑刀已然射來。

莫言已經無法戰鬥，所以得靠自己了。

琴雙手一拍，然後左右手拉開，頓時在雙手中間拉出一條電之長鞭，電鞭甩動，纏住了這把黑刀。

然後琴大喝一聲，用力甩動，勉強偏移了黑刀路徑，讓黑刀驚險從她頭上劃過。只是剛解決了黑刀，雙斧又來，兩斧有如兇暴蝴蝶在空中盤旋揮舞，舞向了琴。

琴知道雙斧威力雖不若黑刀，但麻煩在飛行路徑詭異，一個不小心沒擋到，就會讓琴缺手缺腳。

「只能全擋了！」琴想起剛剛才學到的一招，「穿心之千言萬語雷電版。」

同時間，琴周身出現密密麻麻電光，然後轟然炸開，電光製造出綿密無差別的一整圈攻擊，讓雙斧無從下手，砰的一聲，被炸離了軌道。

琴呼呼喘氣，接連對付兩把兵器已經讓她精疲力竭，但她知道，真正棘手的還在後面。

霜的冰氣。

琴凝神以待，到底霜的冰氣會以什麼樣的型態進行攻擊？琴目視前方，卻始終沒有發現，直到……當她抬起頭。

天空中，竟然出現了一團巨大冰體，這團冰體足足有火車頭這麼大，正夾著驚人高速，滾動著濃烈冰氣，朝琴和莫言所在的紙飛機衝來。

「搞什麼？竟然是冰隕石！擋不住啦！」琴大驚，一手拉住莫言。「紙飛機，我們散開。」

下一刻，琴帶著莫言往下跳，而紙飛機也加速往另外一頭竄開，就這樣驚險閃過從天而墜的巨大冰體。

雖然紙飛機已經下降高度，琴仍帶著莫言跳下了將近六層樓的高度，當她勉強雙腳著地，下一刻緊追而來的冰體已經炸上了地面。

轟然一聲巨響，冰體炸成無數鋒利碎冰四散開來，更化成冰之海嘯般衝擊了琴、莫言以及紙飛機。

「啊啊啊啊。」琴奮力使出所有電能，保護住自己與莫言，直到冰之海嘯過去……只是當海嘯終於平息，冰氣散去，方圓百公尺內植物都在瞬間結霜凍死，這時琴看清楚了前方畫面，卻不禁露出苦笑。

因為，那三個人已經站在面前了。

黑色合身長大衣，襯托出身材高眺優雅的霜，穿著背心，露出糾結肌肉，一手提著黑刀的小傑，同樣也是背心和精壯身材，差別只是雙手握斧的小才，三個人，正站在琴的正前方。

「很會跑嘛？看你們能躲到哪去？我的『天冰』一到，方圓十里內化成冰霜。」霜微笑中微微喘著氣，剛剛的「天冰」一招顯然頗耗真元。

琴看著眼前三人，雙手握拳，她知道自己傷重力疲，對方也同樣受到不小的損傷，但此刻莫言傷得太重，只剩下琴要單挑三大甲級星，是絕對不可能的。

「我們十隻猴子絕對不會犯多話的錯，直接殺了她。」霜手一比，小才低喝一聲，手上玻璃雙斧甩動，直接朝著琴劈來。

「呼，沒有援手，只能拚了。」琴左手亮出雷弦，就要應戰，但就在此刻……

卻是一顆拳頭來了。

拳頭來自一件深紅色斗篷。

「豚拳！」紅色斗篷中，正是鳳閣，她以強大防禦拳法，擋住了小才這一劈。

看見鳳閣出現，琴驚喜叫出：「鳳閣！」

「是我。」

「咦？妳也受傷了？」琴看了一眼鳳閣，發現她竟然半身是血。

「這三人剛剛從天空殿上來的時候，有短暫與我交手，只是一招，我就受傷了。」

鳳閣苦笑。

「所以妳明明知道對方厲害，卻沒有逃……？」琴看著鳳閣身上的傷，不禁有些感動。

「既然答應要帶你們回去，就得遵守約定，講信重義，可是我海幫最高原則，身為幫主，怎可不以身作則？」

「好，那我們並肩而戰，一起離開這座天空殿。」

另一頭，霜聽著琴和鳳閣的對話，霜臉露輕蔑。「離開天空殿？一個不成氣候的主星，再加上一個拳法不全的乙等星，你們以為自己還有任何一絲生機，可以離開這裡？你們是在開玩笑嗎？」

「沒有開玩笑。」琴也握起拳頭，「我們絕對會活下去。」

「沒錯。」鳳閣站在琴的身旁，此刻的她心情頗為振奮，倒不是因為她找到了戰勝霜等人的機會，而是自從龍池死後，她藉由處理繁雜幫務來度過思念龍池的悲傷，但事實上，這份悲傷卻如影隨形，讓她每天都覺得渾渾噩噩，悲痛不已。

如今，卻因為琴這人的出現有了改變，她召喚巨鯨，帶著琴踏上冒險旅程，讓鳳閣重新感受到伙伴的意義，更讓她想起了年輕時與龍池共同在陰界冒險的歲月。

而琴，就是擁有這樣特質的伙伴！

鳳閣也有那麼一點明白了，當年龍池毅然決然踏入戰場的心情，因為那是龍池多年來所嚮往的，陰界黑幫的義氣。

如今，自己也和龍池做了一樣的決定，為了義氣而戰。因為貼近了龍池那麼一點點，反而慰藉了鳳閣的內心，而這一切複雜的心情，當然不是琴能明白的……琴當然也不知道，這是因為她自身的特質，那種任性卻有純真的特質，引發鳳閣做出了這個決定。

「活下去？這你們就不用擔心了，我們十隻猴子，殺人是絕對不會手軟的。」霜手一揮，她背後兩團冷氣，射出榴彈般的冰砲。「所以，你們絕對會死在這裡。」

當冰砲發射，同時間雙胞胎的黑刀、雙斧也跟著出擊，有如鋪天蓋地的死亡之網，籠罩住琴、莫言，以及鳳閣。

「我們，」琴拉起雷弦，藍色電光環繞的電箭。「一定活下去。」

「是，我們一定，」鳳閣舞起雙拳，龍、猴、豚拳，三拳合一，化身為翱翔的龍、靈巧的猴、強壯堅實的豬，迎接這死亡之網。「活下去。」

雙方短兵相接，生死駁火，在這場強弱懸殊的戰役中，要找到一絲求生的可能。

就在一團冰氣籠罩，一把黑刀飛舞，一對雙斧盤旋，混著猛烈電光襲擊，還有快速穿梭的拳法陷入混戰，而琴和鳳閣正節節敗退之時……

忽然，一個東西從天空中飛了進來。

那東西撞擊力極強，再加上型態特異，讓所有人同時咦的一聲，罷戰而退，想看清楚這撞入地面，深深嵌地的不速之客，究竟是什麼？

此物有著一根長木柄，木柄前端嵌著一塊厚鐵片，上面還沾著泥土，它，竟是一把鋤頭。

「鋤頭？看這東西飛來的氣勢，扔這武器的人有星格？」小才退了兩步。「這天空殿上，還有其他星格者啊？」

小才這句話才說完，忽然天空一暗，竟是一大片布匹凌空而降，遮住了陽光，此布在空中有如寬大長蛇般抖動，彷彿有著自己的意識。

「布匹？這技也是稀奇古怪，又是一名星格者？」霜皺眉。

不只鋤頭與布匹，忽然一陣強風朝著霜三人捲來，這風一靠近小傑，小傑冷哼一聲，手中黑刀橫揮，竟然噹噹噹亂響，彷彿被亂刀砍擊。

原來風中竟然夾著無形刀刃，要不是小傑舉刀相擋，全身就要被風刃割得血肉模糊了。

「風刃？」小傑皺眉，「又一星格者？」

就在霜三人皺眉不解之際，地上的鋤頭已被人一手拿起，此人面容黝黑，滿是皺紋，竟是剛才與琴說話的聾啞老農。

「在下丙等句中星。」老農夫手握鋤頭，聲音清朗，竟然沒有之前耳背糊塗的模樣。「生平最不愛管閒事，但武曲的存活與否，與陰界未來氣數相連，特來管管。」

下一刻，天空的布匹忽然往同一個方向捲動，最後捲入了一老婦懷中，她露出慈祥微笑。

「老婦是丙等天德星。」紡織婆婆手中的長布匹輕輕游動，有如一條深海活魚。「這女孩人很好啊，對長輩很有禮貌，放她回家，如何？」

最後，一陣微型龍捲風從天而降，當強風散去，露出裡面的高壯男子，他全身都是無形翻湧的風，氣勢猛烈。

「吾等是丙等空亡星。」當這男子傲然而立，陰獸「紙飛機」立刻飛來，像是寵物對主人撒嬌般依戀。「我沒有要保護誰？我只是看你們不爽，尤其是你們這種以強欺弱的混蛋。」

「旬中、天德、空亡，哼！不過就是三個小小丙等星？」小才甩動著雙斧，斧頭在空中甩出森森風聲。「據說丙等星中有一個星星，也是全部一百零八星的最後一位『五鬼』，其實力直上甲級星，進逼主星，既然你們不是『五鬼』，我們怕你們一個鬼啊！」

「小才，別再廢話。」霜往前站了一步，冰氣繚繞。「直接殺了吧。」

說完，霜手往前一比，猛烈冰氣化成千言萬語，密密麻麻的衝向了三人。

同時間，旬中老農高舉鋤頭，朝著冰氣狠打下去，他的鋤頭日夜勤練，揮起來威猛絕倫，撞上冰氣前端，激起沖天氣勁，頓時阻住冰氣。

當冰氣被阻，緊跟著出手便是天德星織布婆婆，她雙手往前一攤一送，帶動布匹往前捲去，破入冰氣之中，布匹迴旋在冰氣中捲出一條道路。

道路破冰前行，徑直通到霜的面前，霜皺眉抬頭，卻見布捲出的道路裡面，竟撲出一道黑影。

黑影乃是一名男子，他雙臂高舉，有如暴風巨鉞，朝霜猛劈而來。

這男子，就是空亡，而他知道此戰凶險，雙臂中凝聚了畢生道行，其威力之強，足以破開冰霜之層，逼得霜不得不防。

只見霜舉起纖手，手呈劍指，在空中悠悠畫出一條藍色冰線。

冰線在空中凝而不滅，隨著霜指尖越畫越多，越畫越快，當空亡暴風巨鉞已到，已經是縈繞空中數百條密密麻麻，難以分辨的繚繞冰線。

冰線纏上暴風巨鉞，纏上空亡的雙臂，繚繞冰線大幅消減了風力，更凍住了空亡的行動，讓他越來越慢，慢到當他終於來到霜的面前，卻已經有如一具冰雕，無法動彈。

「你們就算三人合作，但實力差距這麼大，如何傷我？」霜美麗臉龐一笑，右手呈掌，就在空亡面前。

只要冰掌一出，頓時能將空亡斃於掌下。

但面對如此劣勢，空亡非但不驚，反而粗獷豪邁的笑了。

「有人說，妳和琴很像，妳知道嗎？」

「啊？」

「因為，就在不久之前，她才中了這麼一招。」空亡大笑，「而妳，就和她一模一樣，漏算了它。」

漏算了誰？

霜一愣，她看見空亡背後，緩緩升起了一個巨大三角形。

「百大陰獸紙飛機，剃刀殺！」空亡大吼，下一刻，紙飛機轟然前衝，尖端如刀，劈向了霜纖細的身軀。

距離太近，霜已經沒有任何餘地可避，她只能身軀急仰，驚險避開頭部要害，但紙飛機一個急轉，尖端正中霜胸口，帶著霜低哼一聲，身軀猛然倒飛而去。

「收掉一個！」空亡握手歡呼，「殺人最多的甲級化忌星，也沒什麼了不起嘛。」

但，空亡的開心，只持續了一秒。

因為下一秒，他聽到琴正在大喊：「小心上面，躲！」

「咦？」空亡一呆，他抬頭往上。

天空中，竟然凝聚一團兇暴冰雲，冰氣急遽滾動，雲中竟然出現了一團巨大如同數節火車的冰石，滾動著轟隆轟隆冰氣，正朝空亡、旬中，與天德婆婆墜落。

天冰！

正是天冰！

「會死。」空亡苦笑，勇猛如他對死雖然無懼，但也知道這招乃借天地之力，威力之猛，範圍之廣，自己已經避無可避。

他眼角餘光所見，霜已經重新站起，長髮飄飄，帥氣中帶著冷冽黑暗，右手抓著剛剛突襲她的紙飛機，胸口有著一條明顯傷口。

她確實重傷了，但這傷殺不了霜。

若無法一擊誅殺她，就必須為這一擊付出慘烈代價。

「怎麼辦？」空亡看向其他兩名老友，他們同住在這座天空殿上已久，已親若家人，但當空亡感到絕望時，忽然有一人急奔而來，跑到了天冰墜落的危險範圍內。

那人，竟是長生星。

「我不善武鬥，剛剛沒有加入大家，但至少死要死在一起。」長生星喘著氣，撫摸著白色長鬍，眼神溫柔。

「哈哈老友，你怎麼來了？」旬中笑了兩聲，又面露苦笑。「我們死了不足惜，可惜終究沒保住武曲啊。」

「至少，咱們奮鬥過，不是嗎？」天德婆婆嘆氣，「可惜這好女孩啦。」

交談之間，這冰隕越來越近，就要撞上地面的空亡等人。

而他們也在這一刻，閉上了眼睛。

等待那即將襲來的絕對低溫，將他們身體冰凍，肌肉僵直，身體所有機能暫停，然後乒的一聲，粉碎成晶瑩剔透的碎片。

只是，這份冰冷，卻因為天空中突然出現了一聲奇異巨響，而延遲落下了。

等他們疑惑的睜開眼，他們發現，天空中，竟然多了一個物體。

這物體外觀和冰石型態雷同，體積略小，但同樣滾動著巨大的能量，正從旁推擠著原本的冰石，使冰石遲遲無法落下。

而這新的隕石體，不是冰氣，而是電光。

電光？空亡等人同時往旁邊看去，看見琴雙掌朝上，正發出大喊。

「拜妳之賜，讓我學會了這一招，」琴大喊，「天雷。」

天冰，對上天雷。

兩股來自大自然的力量，在空中猛烈撞擊，消耗，彼此破壞，更引發天空變異，時明時暗，地面更傳來一波波震動。

「妳！」霜目光泛紅，美麗眼睛滿是殺氣。「妳竟然，又學會了！」

「對，我要變強！變強！變強變強變強變強！」琴雙掌的電能滿溢。「天雷，給我爆了那顆藍色乒乓球。」

吼聲中，竟見天雷的顏色開始轉變，從原本透著藍色的電勁，逐漸轉為更深的靛色。

這是七色電箭的倒數第二色，靛色了。

當天雷完全轉為靛色，能量往上跳上了一個級數，竟然把原本強勢的天冰，往外推了一公尺。

「妳這學人精！」霜提氣再吼，她的雙手也同樣抬起，黑色長髮飄揚。「給我滾開！天冰，把這顆黃色小燈泡給我凍碎！」

下一秒，原本透著靛色冰氣的天冰，竟然出現了些許紫色。

紫色，七色冰箭的最後一色，琴與霜竟然兩人互相逼增對方力量，天冰威力再增，就要把天雷完全吞噬摧毀。

「完蛋了，她也進化了，會輸。」琴雙手震動，她已經快要支撐不住了。「我沒辦法，一次跳兩階啊。」

「那就完蛋吧！」霜喘著氣，她也用上最後的力量了。「竟然把老娘逼到這地步！」

就在兩人對峙之時，忽然，霜聽到了她下方腹部處，一個女子聲音傳來。

「論年紀，在這裡能稱老娘的，只有我吧？」

霜眼睛睜大，低下頭，她看到了一件紅色斗篷、一雙銳利的眼睛，還有一雙握得很緊，但充滿力量的拳頭。

正蹲在她的前方，其距離之近，已經是最危險的肉搏範圍。緊接著，霜聽到了那紅色斗篷發出大吼。「龍、猴、豚，三拳合一。」

砰砰砰砰砰砰砰砰砰砰砰砰砰砰砰砰砰砰砰砰砰砰砰砰砰砰砰砰，鳳閣拳頭如子彈，毫無保留，猛力重擊霜的胸腹。

霜剛才與琴全力對峙，更藉此推升到紫冰等級，但也因為如此忘我狂戰，讓她完全沒注意到鳳閣已欺到了霜的腹部要害。

這一瞬間，鳳閣數百拳，霜毫無懸念，照單全收。

霜中百拳，身體一屈，雙手鬆開，天空中的天冰失去了操縱力，頓時被天雷猛力推開，推向了遠方。

而當霜終於退後，空亡等人頓時高舉右手。

「打敗妳了！妳以為妳是十四主星啊，妳不過是一個強一點的甲級星勒，我們三個加上兩個總共五個人，怎麼可能打不敗妳？」

霜按著胸口，慢慢退下，慢慢吐出了一口氣。

「對，連使兩次天冰，又接連被紙飛機和四獸拳打中，我又不是主星，確實已經無力再戰。」霜昂起頭，頭髮理好，再次露出微笑。「但你們別忘了……我們還有兩個！」

兩個？

「地空，地劫！」霜提氣大喊，「你們是還要混到什麼時候？給我出來啊！」

就在這時，被推向遠方的天冰與天雷落了地，炸出滿天的冰氣與電光，整個天空都是奇異的光芒。

炙熱明亮光芒之中，兩個少年人影正慢慢地晃了出來。

一人把黑刀扛在肩上，一人把雙斧繫在背上，他們大步而來。

「大姐，剛剛看妳打得很開心，就不忍心插手了嘛。」雙斧的小才，嘻嘻地笑著，手上的雙斧快速甩動，一副迫不及待動手的樣子。

「一個，不留。」小傑雙手握住黑刀，對著琴等人。

霜咬牙，手往前一比。「動手！」

「得令。」小才與小傑同時躍出，高舉著他們手上的兵器，展開了他們的殺戮之旅。

而琴呢？整座天空殿之島已經沒有任何援軍了，他們能平安離開這裡嗎？

此刻，琴看著小才和小傑提著武器而來。

琴比誰都清楚，這兩個甲級星的實力，他們兩人一旦合作，戰力更在化劫星霜之上，就算他們在和莫言激戰後，也損失了不少道行，他們仍擁有絕對的優勢。

琴回頭看著自己這方，特地前來幫忙的旬中老農、天德織布婆婆，與長生星都不屬戰鬥類型，能戰鬥的空亡星實力尚不及自己，而最能打的莫言剛剛使出「群龍出穴」，加上連番苦戰，已經完全失去了戰鬥力。

而自己呢？琴看著自己的雙手，正微微顫抖著，剛剛與霜以天雷和天冰對撼，霜耗盡道行，琴又何嘗不是呢？

面對最後兩個殺人不眨眼的雙胞胎，琴絞盡腦汁，卻已經毫無辦法……

在這天空殿之上，還有誰能救我們？

還有誰？

還有……

忽然，琴看到了。

一隻手。

這一隻原本該藏匿在深處，不該隨意出現的手，竟然就這樣大剌剌地出現了。

而且是出現在眾人之前。

「不可以！」琴伸出手，想把這隻手抱回來。

因為她比誰都清楚，這是一隻無論如何都不能顯露真身的手，它是三大黑幫中僧幫領導者的手，它是陰界六百年來最強高者的手，它是萬人景仰的手，但它卻也是政府傾全力滅殺的手。

它，是地藏的手。

地藏使出千手觀音之後，殘餘的一隻手。

它的現蹤，代表著地藏未死，也代表政府將啟動更暴力的追殺，只為了讓這隻手，徹底在陰界消失。

「不可以！」琴抱住了這隻手，「你好不容易逃過死劫，就算我們死了，你可以再找地方躲藏，慢慢養回你的道行，你為什麼……」

只見那隻手搖了搖手掌，那是給琴專屬的手語。

『我一定得出面。』

「你說，你一定得出面？」琴焦急地低語，「但你是千手觀音的一隻手，只有千分之一的道行，怎麼和兩個甲級星打？」

手輕輕轉了半圈，拇指豎起，比了一個讚手勢。

『看我的。』

「啊？什麼『看我的！』，你現在只是一隻手啊，怎麼看你的？」

小才和小傑也發現了這隻手，他們互望了一眼，露出兇狠的微笑，又繼續往前走來。

只是，他們才走了兩步，卻又莫名其妙的停下腳步。

而且，他們的表情變得有些古怪。

首先是小才，他握著雙斧的手微微顫抖，眉頭皺著，似乎在忍耐著什麼。

當他又往前踏了一步，突然大喝一聲，身體轉了半圈，似乎在躲藏，但他身體還在空中時，又像是察覺到什麼，又一個低頭，拚命想要躲避著……

接著，他又把雙斧往地上用力一劈，藉著強大反作用力，把身體往上拔高，像是逃避般往上逃竄。

小才的動作非常古怪，明明沒有任何人對他攻擊，他卻瘋狂閃避著虛擬的攻勢，東跳西閃，到後來竟像是一場古怪的舞蹈。

同樣地，小傑也陷入了相同的古怪困境，他不是閃躲，而是雙手緊握住黑刀，皺眉咬牙了一會之後，終於低吼一聲，猛烈地揮動起黑刀，奮力往前砍去。

他這刀用上十足的道行，在地上劈出筆直而裂地的一線，線的終端甚至直達天空殿島的另一側，但古怪的是，他眼前明明沒有任何敵人。

小傑砍第一刀之後，面色凝重，咬了咬牙，又是大喝，再砍一刀，這刀威力更勝以往，那是深達一公尺的驚人刀痕。

砍完第二刀，但小傑吼聲再起，又繼續砍了第三刀、第四刀、第五刀，而且一刀比一刀用上更猛烈的道行，地面上已經被他砍出無數深達數公尺的刀痕，但他卻沒有砍中任何對手。

不用一分鐘，小傑已經滿身大汗，縱然他依然維持著一貫冷漠神情，但任何明眼人都知道，再這樣耗盡全力對虛空劈下去，他遲早會道行耗盡，力竭而亡。

琴看著小才和小傑這稀奇古怪的行為，突然有一股強烈無比的熟悉感。

不久前，在僧幫的第十道牆之前，她的伙伴莫言與橫財，是不是也曾陷入這種走火入魔的慘況。

狂舞的莫言、猛打的橫財，而他們之所以會變成如此，不就是「他」的傑作？

地藏的千手觀音！

琴將目光移向了面前的那隻手。

這隻手的食指正指著某個位置，不一會，又微微移動指尖，換了一個位置。

每一個看似微不足道的動作，卻引發小才與小傑巨大的反應，小才雙斧盤旋，全身大汗，掏空道行只為對付這虛假對手，小傑猛力揮刀，肌肉脫力，耗盡元氣只為在虛幻中求得一絲生機。

琴明白了，這就是地藏，就是曾經用一根指頭，就差點把莫言和橫財這兩大高手累死的頂尖高手。

如今，就算地藏只剩下一隻手，也同樣可以把小才和小傑累死。

「你們兩個混蛋！」霜這時聲音焦急，「人家都沒有開始攻擊，你們一直閃躲是在閃屁啊。」

「大姐，沒辦法，眼前的這隻手，它的指尖都剛好指向我全身最大破綻之處，只要被它用道行戳中，我的罩門就破，不死也重傷啊。」小才疲累欲死，又不能不躲，只能繼續狂舞。

「無法，克制。」小傑咬著牙，他仍在揮刀，地面已經被他劈得滿目瘡痍。「心魔。」

看見小才小傑走火入魔的模樣，霜目光移向了那隻手。

以她橫行多年的經驗告訴她，能用小小指尖就累死兩個甲級星的高手，整個陰界就這麼一個。

危險等級十，六百年來第一高手，太陽星地藏。

「呼。」霜吸了一口氣，慢慢走到地藏之手的面前，低下頭，姿態謙卑。「在下甲級化忌星，與地劫星小傑、地空星小才，三人不知太陽地藏在此，多有冒犯了。」

只見這隻手聽到霜這麼說，動作一變，先是緊緊握拳，然後又用食指比向遠方。

『離開。』

霜似乎和琴一樣，看得懂地藏之手的意思，她咬了咬下唇，點頭。

「是，謝地藏慈悲，放我們一馬。」霜眼睛瞇起，慢慢退了幾步。

然後退到正在狂舞的小才身邊，她突然手一伸，拍向小才。

此刻霜雖然道行已弱，但這一拍下手極準，掌心更帶著剛剛領略的紫色冰氣，竟然一下子就打斷小才的狂舞，雙斧落地碰撞，發出高亢響音，小才也頓時萎靡在地，呼呼喘氣。

「別急著休息，還有事要你做。」霜一手抓起小才，纖細的她力氣好大，竟把小才甩向了小傑。

小傑正在蠻橫的拿黑刀直劈，小才若掉到小傑正前方，豈不是被自己的雙胞胎兄弟當場劈成兩半？

小才驚急之下，雙斧急旋，與黑刀捲在一起，刀斧頓時撞出驚人火花。

就這一捲，拖住了小傑的攻擊，而小傑的道行畢竟高超些許，被小才這麼一干擾，心魔減弱，立刻收斂了心神，收起黑刀，更順手拉住小才，讓他安然落地。

「謝地藏不殺之恩。」霜沒有逗留，轉身就走，小傑和小才喘著氣，各自帶上自己的武器，往島上一側而去。

琴見到霜離去前，仍回過頭來，看了地藏之手一眼。

這一眼，讓琴有些發毛。

那是懷疑的一眼。

對霜而言，她當然知道近期陰界大事，政府大軍包圍僧幫，地藏以一敵五最終身亡，但若地藏已死，那此刻地藏之手又是什麼？

但若不是地藏本人，普天之下誰又有如此能耐以「千手觀音」之幻術，不費吹灰之力，就讓小傑與小才兩大高手走火入魔？

若地藏仍在，為何只有一隻手，本尊又在何方？

但霜是聰明也是沉穩的，她決定不要冒險，若地藏真的在此，自己三人必死無疑。

於是，霜選擇了退。

他們此行最初也最重要的任務，可是拿到「老大的那傢伙」，有了那傢伙，才能進一步逼老大覺醒啊。

就在霜等人終於退去，眾人紛紛朝著地藏之手跪下。

「長生星、天德星、旬中星、空亡星。」四人同時說，語氣激動。「參見太陽星地藏。」

地藏之手輕輕揮了兩下，請他們站起。

只是當它揮了兩次，隨即手一鬆，力竭落下，琴趕忙上前將它接住。

「幹嘛這麼逞強啦！」琴心疼地說，「你的道行剩下那麼一點，還硬要和那兩個雙胞胎打？」

地藏之手的五指舞動，那是只有琴才看得懂的語言。

『人生不過一死，略盡棉薄之力。』

「什麼叫做人生不過一死？略盡棉薄之力而已！」琴握著地藏之手，地藏之手微微顫抖兩下，竟然變得透明起來。「等等，喂，你變透明了，你還好嗎？不要消失……」

只見此手越來越透明，剛剛與雙胞胎的對決乍看之下沒有真刀真槍的實戰，但要一次次識破兩人破綻，確實已將這些日子好不容易調養下的道行全部用盡。

此刻，確實是地藏生死一刻。

琴感到徬徨，悲傷，不知所措，她想起在僧幫中見到地藏，那溫柔如大地的老人，竟然就要死在這裡？

「不要！」琴雙手緊握著地藏的手，「地藏，不要消失，拜託，我可以做什麼？」眼淚，一滴滴落在地藏之手上。

而當琴哭泣之時，忽然，她看見了一個人影慢慢走了過來，那人甚至伸出手，一手摸著琴，一手摸著地藏之手。

「原來，與老夫對弈且大勝的人，是陰界第一高手，太陽星地藏？」

聽到這句話，琴訝然抬頭。

「長生星。」

「放心，」長生星白鬍下，是一個溫和笑容。「地藏還有救。」

「啊。」

「而且救他之法，就在妳身上。」

「救他之法，就在我身上？」琴正要追問，卻赫然發現，長生星又閉上了眼睛，還打起鼾來。

「長生星，你怎麼只說一半，不要睡著，喂！不可以睡啊！」

長生星被琴搖醒，急忙伸手擦去嘴邊濕濕的口水，「每次太過認真雲遊星際，就會出現這症頭，我也滿困擾的。」

「那你快說，到底怎麼樣能救地藏？」

「地藏不是受傷，就算解神女或是星穴都幫不了他，要救他，就要從他為什麼可以活下來去思考……」

「為什麼活下來去思考？」

「對，原本受到五大主星圍攻，地藏就算是六百年最強第一人，也應該魂飛魄散無力回天，但他卻該死而未死？為什麼？」長生星比著琴，「就是因為還有一主星以命護他，那主星就是妳。」

「我嗎？」

「而且這主星天生帶缺，天生帶缺的格局，導致有其他星格者得以盜命，但也卻能藉此給了太陽星棲身之所。」長生星說得玄，「所以，他是與妳的道行相連，才得以存活至今的。」

「如果他的存活與我有關，那我究竟該怎麼救他？」

「很簡單，當時妳怎麼救他的，現在就再做一次就好。」

「當時……」琴歪著頭，當時地藏與岳老最後對掌，引發毀天滅地的巨變，而琴藏在地底，全心全意緊抱著這地藏之手。

緊抱著它，這樣就好了嗎？

下一刻，琴握住了地藏之手，擁入懷中。

全心全意，想要保護地藏之手。

而也就在這一剎那，琴感覺到神奇的事情發生了，她體內的道行，竟在擁抱中，慢慢地朝著地藏之手流入，細細如絲，源源不絕，流入了地藏之手中。

地藏之手，也慢慢地溫暖起來。

「真的有效。」琴抬頭看著長生星，露出驚喜的笑容。「地藏之手變暖了。」

「是的，主星之間如此密切交流，非常罕見。」長生星用手撫著白鬍，呵呵笑著。

「也許會有意想不到的收穫喔。」

「意想不到的收穫？」琴正在不解，忽然間，她感受到懷中一陣暖意。

地藏之手，竟也開始回傳道行給她。

「不用不用！道行你留著用，你已經很虛弱了……」

琴雖如此說，地藏之手卻仍不斷傳著道行給琴，不只如此，它所回傳來的道行越來越鮮明，不似一開始若有似無，同時間，琴送往地藏之手的道行，也相應地加強起來。

兩人之間的道行流動，如同一個完美的交換迴圈，且不斷加強，一開始有如涓涓細流，後來逐漸澎湃，如同山洪怒濤。

琴更覺得精神越來越好，彷彿不斷地洗淨一身困頓傷勢，就要脫胎換骨。

「天生有缺的武曲，對上僅剩一部分的地藏，兩者又都是仁慈勇敢的主星。」長生星眦起眼，似乎在欣賞著什麼壯麗的風景。「這次的交流，不知道會產生什麼有趣的事？」

琴感覺到全身道行流動越來越快，越來越強，就像是大海般在身體流動，如此舒暢，如此痛快，終於，她再也忍耐不住。

「哇。」琴放聲大叫。

這聲大叫，就像是清晨起床時，金黃陽光灑滿全身，人從深眠之中甦醒，想要舒展筋骨般大叫。

叫聲如此響亮，遠遠地傳了出去，更引發整個天空殿上陰獸的回應，巨鯨發出低頻聲納的叫聲，紙飛機衝入天空盤旋，許許多多陰獸也開始又叫又跳，歡欣鼓舞。

叫著叫著，琴忍不住動起雙手，她一掌一掌往前拍去，像是滿身能量無從宣洩，每一掌都帶著電能，往四面八方流動。

每一掌縱然帶著電能，卻沒有傷害任何人與生物，但不斷飛揚的掌越來越多，在琴的周圍如百花齊放，萬紫千紅，美不勝收。

而見到琴周圍的掌如此繽紛，型態又如此熟悉，那不就是那一個傳說中的招數？

「千……千手觀音！」

對，琴這不斷拍出的電掌，在她四周形成如同千手觀音般的美麗景象。

這專屬於地藏，在陰界縱橫六百年的傳奇招式，竟然被琴以電能巧妙地呈現出來。

「怎麼可能？這真的是千手觀音嗎？陰界有第二個人學會這一招？」

相對於其他人的目瞪口呆，琴卻沒有那麼吃驚，她只是單純的享受著，享受著與地藏之手交換道行之後，身體自然湧現的力量。

就像是在午夜車站，聽到一曲美妙演奏，不自覺地腳踏著拍子，手輕輕揚起，轉個圈圈，自由且舒適地舞動著。

而與她共舞者，不是別人，正是她手中所牽的那位老僧人，地藏。

一老一少，牽著手跳舞著，看似荒誕卻又溫馨，看似不協調卻又如此美麗。

丟下繁文縟節，跨越六百年的至交，在此相遇相知。

舞著舞著，足足舞了三分多鐘，當琴感到暢快淋漓，放下了雙手，吐出長長一口氣。

微笑。

「好過癮啊。」琴仍閉著眼，微笑著。「剛剛和霜與雙胞胎打的疲倦，好像一口氣都好了。」

只是當她睜開眼，卻發現周圍的人全部睜大眼睛看著她。

「幹嘛？」

「妳知道妳剛剛打出了什麼招式嗎？」就連向來冷漠的莫言，此刻都難掩震驚。

「那可是『千手觀音』。」

「千手觀音？」琴一愣，「地藏三大招中的第一招？」

「對，也就是差點把我和橫財累死的那一招。」莫言看著琴，嘴角揚起。「看樣子，妳真是一個走狗屎運的傻女孩啊，好心救了地藏，換得一招絕世招數。」

「救了地藏？啊，對了，地藏之手還好嗎？」琴突然想起剛剛重傷垂危的老友，急忙低頭看向懷中。

地藏之手如今沒有消失，又恢復本來的型態，它對琴比出一個V字，然後輕巧地溜到了琴的身後，再度藏身起來。

而看到那個V字，琴開心地笑了。

因為她知道，地藏之手肯定沒事了。

只是琴有點困惑，剛剛地藏之手溜到後面時，動作變得靈活，更帶著一點電光，為什麼地藏之手有電光呢？一定是看錯了吧。

當琴因為拯救了地藏之手而鬆一口氣時，忽然，一陣悠揚的鯨吼，遠遠地傳了過來。「天象要變，是該離開的時候了。」莫言說。

天空殿上的長生星、天德星紡織婆婆、旬中星老農夫、空亡星，紛紛向琴拱手，就要道別。

「武曲，等到你們離開，我們也要離開天空殿了。」

「離開？為什麼？這不是你們的家嗎？」

「這裡已經被十隻猴子闖入了，難保哪天牠們不會再摸上這座島報仇。」長生星說，「更何況……」

「更何況什麼？」

「更何況，地藏未死的事情一旦傳出去，不只是十隻猴子，整個政府的殺手集團都會傾巢而出。」空亡星說完搖了搖頭，「甚至六王魂都會親自出馬。」

「六王魂！」琴深吸了一口氣，她在僧幫大戰中親眼見識過六王魂的能耐，六人都各自有通天徹地之能，其可怕程度更甚過十隻猴子。

「所以當你們離開，我們也會盡快離開這裡。」長生星看著琴，「我們在此別過了。」

「是。」琴看著長生星，內心忽然湧現一股內疚。「對不住啦，長生星，關於那一盤棋，其實不是我——」

「不，剛剛看到地藏之手，我就明白一切了。」長生星微微一笑，「我反而要感謝妳，讓老夫有機會和陰界第一棋手太陽星地藏下一盤，老夫可說是死而無憾了呢。」

「嗯。」

「而妳的星格，也就是命中注定要告訴妳的，當年天使星小天肯定也是這樣想的。」長生星看著琴，「不過，妳最好盡快把妳星格缺陷處補足，避免有惡徒利用『盜命』竊取妳的命格。」

「補足……」琴想起了武曲當年留下的最後一個難題。

聖．黃金炒飯。

可是，最後一樣食材，「蛋」現在幾乎沒有線索，只知道似乎和道幫火狐有關？若不趕快完成炒飯，她就會不斷遭遇十隻猴子的追殺，是這個意思嗎？

「武曲。」接下來說話的是空亡星，「老實說，下次碰面，我們應該就是敵人了。」

「啊？」

「我是風系戰將，離開天空殿之後，我會去找我的老大。」空亡星微微一笑，「若要爭奪易主之位，你們倆應該是敵人吧。」

「風的老大？」琴一愣，「你是說……破軍，柏嗎？」

「是啊，下次戰場見了。」空亡瀟灑地揮了揮手，而紙飛機又回到他的肩膀處，那尖尖的頭部還依依不捨的回頭看了琴幾眼。「記得，就算必須戰場見，我們還是朋友。還有，紙飛機也是這樣想的。」

「嗯。」琴看著空亡和紙飛機，感到些許惆悵，下次見面，大家都是不同陣營了嗎？

接下來，來告別的是丙級旬中星老農夫。

「武曲，抱歉，當時裝聾作啞騙了妳。」旬中老農微笑，「我會和長生星、天德紡織婆婆找個地方隱居起來，我們都不擅長戰鬥，這易主大局不適合我們。」

「好。」琴看著旬中老農那質樸的雙眼，伸出雙手與老農相握。

「不過我們會繼續看著妳，若真有難，我們會暗中幫忙。」老農說。

「嗯，謝謝。」琴握著老農粗粗的手，不自覺地想起了父親。「不管怎麼樣，你們剛剛都趕來幫忙了，謝謝。」

最後來到琴面前的，是年紀蒼老，但笑起來慈祥的紡織婆婆。「我也要走啦，好女孩。」

「天德婆婆……」

「呵，別忘了，妳可要仔細看看我給妳的那塊殘布，也許，可以解開妳心中最迷惑之事。」

「最迷惑之事？」一邊說著，琴一邊從口袋中掏出了那塊殘布。

「身為天德星，我的天命就是不斷地紡織，我們紡的就是陰界千年的歷史。」天德紡織婆婆目光看向遠方，「而我們紡了『過去』，紡了『現在』，偶爾一個失神，連未來也會被我們紡出來，只是『未來』往往就像是斷簡殘編，破碎前後不連貫。」

「嗯。」琴再次認真看那塊殘布。「未來？所以這塊殘布，說的是未來的事嗎？」

殘布上編織是一個女子，騎著酷似鴕鳥的鳥類，鳥類的後側還綁著大箱子，紡織婆婆說的，這是未來，一個關於琴的未來？

「這是妳的未來，也許能解開妳最迷惑之事。」紡織婆婆笑了，眼角勾勒出慈祥的皺摺。

「我最迷惑之事？我最近的煩惱，就是要揍雙胞胎一頓，但肯定不是這件事，我想湊齊炒飯材料，但這裡沒有看見蛋的線索，我還想要……我還想要……」琴眼角瞄到莫言。

「嗯？」莫言回看琴，「妳這傻姑娘，還整天發夢，說要成立黑幫。」

「對！我正在想要成立什麼黑幫……」琴看著殘布，忽然間，一股如同觸電的靈感，竄過全身。「這塊布，難道和這有關？」

這酷似鴕鳥的鳥類，雙腿強壯，一看就知道善於奔跑。

背後的箱子，除了可以裝載東西，更看似附帶著保溫的功能。

而坐在鴕鳥上的女子，顯然就是琴自己。

什麼職業，是要騎乘著鴕鳥，背後帶著一個可以裝載物品的箱子？

而且這會是一種職業，足以支撐一個黑幫的營運？

「啊。」琴看著這塊殘布，單手摀住嘴巴，眼睛睜大，她腦中的畫面已經成形。

「怎麼？妳想出了什麼？」莫言看著琴。

「我知道我的黑幫要做什麼了！」琴伸手拉住了莫言，語氣興奮。

「妳想做什麼？」

「我想要成立一個人多，方便，每個陰界子民用過都會愛上的黑幫。」

「啊？」

「我要成立陰界專門的美食即時外送。」

「……」這剎那，莫言表情古怪。

「幹嘛，表情這麼奇怪！」

「妳的想法，正中陽世現今流行的……」莫言古怪表情中，竟帶著一絲激賞。

「流行的什麼？」

「FoodPanda 和 Ubereat 啊。」

就在琴奮力拯救地藏之手，而讓兩人道行互相流動，更引發琴放聲吶喊，引動整個島嶼上的陰獸齊聲共唱時……

另外三人，也聽到了琴的吶喊。

「這是什麼？」小才的表情驟變。「是琴在吶喊嗎？這吶喊內韻悠長，引動百花齊放，很麻煩啊……」

「是突破自身之吼。」小傑眼睛瞇起。

「哼。」霜沒有說話，也許是因為她與琴的星格相連，感受更深，更明白琴在這一吶喊後，即將再破自身極限，跨入全新境界。「管那麼多幹嘛，專心找老大的東西！」

「是是是，可是霜姐，我們雖然知道老大的東西就藏在這島上，但畢竟可以藏上數十年而不被發現，勢必相當隱密，我們要怎麼才能找到？」

「哼，所以才要找啊。」霜心煩意亂地說。

但就在此刻，小傑忽然舉起黑刀，直指前方。「琴的吶喊，前面。」

「琴的吶喊？前面？」小才和霜同時看向前方。

卻見在琴一波一波震撼大地天空的吶喊中，有一處似乎在回應著這波吶喊，竄升出如同火山爆發前的氣息。

這氣息帶著白色殺氣，宛如刀形，但奇怪的是，白色殺氣之中，混著紫色的霞氣，一白一紫，互相環繞，隨著琴的吶喊而震盪。

「武曲的怒吼，引發老大兵器的反應，天助我也。」三人快速移動，不用數分鐘就到了此處。

此處是一個洞穴，更是一個散發著無比猛烈殺氣的洞穴。

「老大的那傢伙，百分之百在這裡了。」霜看著洞穴，「這裡是整座島殺氣最強的地方，白色大農大富也生長得最密，甚至有的已經從植物進化成動物了。」

同時聽到洞穴中傳來低鳴。

似野獸，似呻吟，似地鳴，中間更夾著奇妙的歌聲。

「就是這裡在不斷噴出殺氣，也對武曲的吶喊有反應。」小才低下頭，就要朝洞口鑽入。

但也就在這一瞬間，洞口彷彿感受到入侵者，更像是剛剛被武曲的吶喊惹怒已久，所有殺氣化成無形刀氣，衝了出來，撲向小才。

殺氣之中，滿是凜冽刀光閃爍。

「不行，不擋下來，會死人。」見到殺氣如此猛烈，小才急忙舉起雙斧，猛力朝刀光劈了下去，轟然一聲，小才覺得雙手麻痺，耳朵幾乎失聰，整個身體被殺氣直線往後撞去。

正當小才自覺自己就要完蛋，忽然身邊出現一抹黑光。

一見黑光，小才頓時大喜。

「兄弟，來得好。」

「專心，七殺刃要出。」

「沒錯，這七殺刃被武曲的吶喊所逼，要出來了。」

這一刻，玻璃雙斧再次與黑刀合作，同時撞向這衝出來的殺氣。

含著刀光的殺氣與一斧一刀猛烈撞擊，爆發燦爛光芒，然後一個轉折，殺氣轉而向上，衝上了天際。

隨著轟隆隆聲音不斷，殺氣衝出了洞穴，有如一條白色巨龍往天空蜿蜒，引動島嶼都為之震動，而地面的白色大農大富離地而起，隨著白色巨龍漫天飛舞。

「出土了！」霜聲音帶著喜悅，「七殺刃！正是十大神兵之一的七殺刃！」

「太好了，咱們拿著七殺刃，老大就會醒……咦？」小才說到一半，卻感覺到什麼似的，猛然回頭。

「還有……」霜眼睛綻放光芒，露出微笑。「哎啊啊，洞穴裡面竟然還有一個不得了的東西啊。」

緊跟著白色刀氣而出的，是快速流動的紫色雲霞，沒有剛剛殺氣這麼猛烈尖銳，但莊嚴而神秘，從洞穴深處滾滾湧出。

「躲。」小傑吼。

下一秒，整個洞穴陡然被明亮的紫色霞氣照滿，然後在這團霞氣之中，一個鋒利的長形物體，筆直射出。

「是劍！」小才叫著。

「其威能不在七殺刃之下，它也是十大神兵！」霜往洞穴外奔去，「而且其充滿紫色帝氣，難道它是……」

「是，」連向來冷靜的小傑都失聲喊道，「紫微劍！」

紫微劍緊追七殺刃而出，追上了天際，亮紫色氣旋包裹住剛剛銀灰色的七殺刃，兩大兵器交互盤旋，有如一場空中的神秘舞蹈，曼妙且莊嚴。

「紫微劍在幹嘛？」小才一愣。

「它在抑制七殺刃。」霜看著天空，這兩大神兵在空中盤旋了一會，當紫光完全包圍了灰氣，兩者的光芒卻同時沉寂下來。

「抑制？」

天空中，兩大神兵緩緩降下，鏘然一聲，插入了地面。

入地的同時，周圍立刻綻放出一團團美麗的大農大富，白紫交錯，美不勝收。

「這是怎麼回事？」小才詫異地看著這一切，「為什麼七殺刃的殺氣全沒了？好像，好像被紫微劍的帝王之氣包裹住，就不再那麼兇猛了。」

「反過來說，紫微的帝氣也同樣被殺氣鎖住，但七殺刃如果沒了殺氣，就像是沒有開鋒的刀。」霜看著這一切，漂亮的眉毛皺起。「不行，這樣叫醒不了老大的。」

「那怎麼辦？」

「解鈴還需繫鈴人。」霜走向前，「七殺被抑制，肯定與紫微有關，我們就從這裡查起。」

「怎麼查？」小才看著霜。

「就從我們在陽世的老大，小靜，開始查起吧。」霜看著地上的兩大神兵，互相糾纏的銀色殺氣和紫色帝氣，此刻安靜且沉寂。「她的身上，一定有紫微星存在的痕跡，一定有的，更何況……」

「更何況什麼？」小才又繼續問。

「紫微乃是政府正主，但他消失多年，如今紫微劍現蹤，表示紫微也要加入這場易主混戰。」霜那與琴酷似，可愛而任性的臉蛋，微笑著。「紫微現身，對某人來說，這可是非常重要的情報。」

「誰？」

「是誰啊？」霜美麗的臉，露出了陰沉的笑。「還會有誰？當然是最不希望政府帝王回歸的掌權者，天相啊。」

天相，這政府中最強之人，親自策劃顛覆道幫，與滅去僧幫的男人，他這次要為紫微出手了嗎？

七殺與紫微同時現世，兩者間又有什麼糾纏呢？

第五章・捕鳥大戰

陽世。

錄音室中，小靜戴著耳機，正在一遍又一遍地唱著新歌。

錄音室外，強哥和小風兩人，也同樣專心聆聽著。

「這首歌是不是很不好唱？」小風趁著空檔，低聲詢問。「連小靜都要練習這麼多遍？」

「這可是完全應妳的要求。」強哥帶著繭的粗手指，輕輕敲著麥克風的邊緣。「這樣的歌，結構特殊，本來就很不好唱。」

「嗯，沒想到這麼辛苦。」小風看著錄音室內，正不斷一次又一次自我練習的小靜。

「越是特殊的歌，越能成為每個歌手的代表作。」強哥眼神專注地看著錄音室內，「如果駕馭不了自己的代表作，那就不可能成為一代歌手，這是小靜遲早要面對的關卡。」

「嗯。」小風點頭。

「我可是很期待，小靜再次掀起海嘯呢。」強哥笑。

「海嘯嗎？」小風專注地看著小靜，「創造海嘯，需要地形、氣候、水溫，缺一不可，而我會讓這些條件齊備，剩下的，就靠妳自己了，小靜。」

當小靜終於錄完這一首歌，並經過強哥巧手製作完成，小風立刻進行下一步驟。

這是準備海嘯的步驟。

她找好了工讀生，帶著精美的小禮品，在各大商場路口發放。

工讀生的顏質也是小風仔細挑選過，男生高眺必穿襯衫，女生甜美薄施脂粉，每份小禮品中，都有著一張科技貼紙。

「回去之後，請撕開包裝，科技貼紙錄著我們一小段聲音。」那顏質優等的男性工讀生禮貌地說。

「錄聲音？你們很有創意耶，但聲音是什麼呢？」

「這是秘密，放心，絕對不是不雅的言語，若是，您可以打上頭的電話客訴我們，或者第二天來此地報警抓我們。」男工讀生微笑著。他說得自信十足，不只是因為他們受過小風完整的訓練，更重要的是，他們都聽過貼紙裡面的聲音。

他們有自信，每個聆聽科技貼紙聲音的人們，都會如他們受到震撼與驚喜。

「喔，就這樣，那你們到底要廣告什麼？」

「我們廣告的東西，就是這聲音喔。」高帥工讀生微笑著，「若您喜歡，可以去包裝上的這個網址，或掃描這條碼，你會聽到更好的音質，更完整的聲音。」

「廣告『聲音』？真是奇怪的噱頭。」這女客人笑了，收下了這小禮品，她決定在中午休息時間，找個人少的地方聽聽，畢竟，這工讀生有點帥，都答應這帥哥了，聽聽看也無妨。

而這女客人和這小帥哥說掰掰後，就獨自走回辦公室，繼續忙碌的一天。

只是，女客人不知道的，她將會成為接下來發生事件中的，一滴水。

整個城市，許許多多拿到科技貼紙的人們，都會是其中一滴水。

當他們找一個角落，讓貼紙感光產生細微的能量，然後按下貼紙，啟動裡面的微聲器，他們會聽到聲音。

那聲音有旋律，有音符，有抑揚頓挫，是歌聲。

短短只有三句歌詞的歌聲。

然後，所有的人都在這剎那，完全的安靜。

因為，他們被一股強烈震撼所包圍。

那是海浪。

夏日陽光下，帶著濃濃酒香的海浪。

於是，每個人都成為了一滴水。

當水滴開始匯聚。

這名為小靜的海嘯，就要開始了。

『喂。你聽過嗎？最近很流行的貼紙歌聲。』

網路上，這篇文章被丟上了公布區，先是五分鐘的沉寂，然後接下來的回覆，以每秒十篇為單位，開始爆炸性成長。

『超好聽的，雖然只有三句，我聽了十遍！』

『你只有十遍？我聽了三十遍！我媽還問我幹嘛拿著貼紙一直傻笑，結果她一聽也和我坐下來聽，還問我這哪個歌手？』

『對啊，這是哪個歌手？』

『只有三句，就唱到我的心裡，有種想要大叫的衝動。』

『什麼大叫，我快要哭了好嗎？到底是哪個歌手唱的？』

『哭？我覺得超開心的，我告訴你，我本身就是玩衝浪的，這歌超像我們衝浪的，那從海平面滾滾升起的大浪，我全身都起雞皮疙瘩。』

『對啊，到底是誰唱的？還有，後面的歌呢？有人有嗎？』
『誰唱的？有人有後面的歌嗎？』
『究竟是誰唱的？有人有後面的歌嗎？』
『誰啊？有人有後面的歌嗎？』
『誰能告訴我？有人有後面的歌嗎？』
網路上捲起風暴，海嘯正從海平面緩緩升起，這一切都是因為小靜的歌聲，還有一個幕後超級推手，小風。
而小風此刻正在做什麼？她正在螢幕前，開始她的第二步計畫。
螢幕上，是一個網站，這個網站就是當每個人掃描貼紙上的 QR code 時，會連上的網站。
這裡，有小靜那三句歌聲的原音重現，是音質更好，更有魄力的版本。
網站上的人數，此刻正瘋狂的增長著。
「預計五小時後，」小風在這畫面上，公布了下一步。「公布下一階段的歌曲，五句。」
然後，在頁面上放上了一個倒數計時的時鐘。
5:00:00，下一秒，跳到 4:59:59。
看到小風這樣寫，站在她身後的小靜露出擔心的表情。「這樣好嗎？大家真的會來聽嗎？要等五個小時？」

「放心吧。」小風轉過頭，充滿自信的微笑。「因為人類是好奇心強烈的動物，越是需要等待，之後產生的效應就會越強烈。」

「嗯，是這樣嗎？」

「不過，妳有空得多練幾次這首歌，要為我們的最終舞台做準備才行。」小風說，「畢竟這首歌不好唱啊。」

「我知道。」小靜點頭，「我已經練好多次了，但還是沒有把握，一般我唱過的歌，都只有主歌和副歌，情緒只有起伏一次，但這首歌很特別，它在副歌中讓情緒不斷往上堆疊，可以說是有多重副歌的概念了。」

「說到情緒不斷堆疊的，妳不也唱過另外一首歌嗎？」

「啊，妳說〈夜雪〉？不過〈夜雪〉比較像是……下沉，甚至可以說是墜落。」小靜歪頭思考著，「這首歌的方向完全相反，它像是海浪，不斷往上，往上……」

「對！這也是強哥的畢生傑作了。」小風微笑，「他說，若不是妳，一般人還唱不了這首歌。」

「是強哥對我過讚了啦。」小靜害羞地說。

「不過既然我們剛提到了〈夜雪〉，我們確實也該替這首歌取個名字了。」小風看著小靜，「妳有想法嗎？」

「這首歌和〈夜雪〉很像，但情緒卻完全相反。」小靜歪頭想著，「也許可以照著〈夜雪〉的想法去想喔。」

「同意。」小風說，「小靜妳唱〈夜雪〉時想到的是下雪的夜晚，而唱這首歌時，妳想到了什麼？」

「我想到了什麼啊……」小靜閉上了眼，她先想到的是〈夜雪〉。

那是一名孤身女子，她坐在房間內，看著窗外正緩緩飄下的白雪，雪越下，心越沉，那沒有終點的孤單，那沒有人需要的寂寞，無聲旅人最後曠野的歸途。

而腦海的畫面，隨即被一陣海浪聲給打破，小靜發現，自己正在陽光明媚的海灘上。

亮藍色的天空，與深藍色的海洋。

海浪聲，就是從無盡寬闊的海洋傳來的。

小靜忍不住脫下扎腳的涼鞋，打著赤腳，開始往海邊走去。

腳底有些熱，但卻抑制不住由海浪組成的呼喊聲。

於是，小靜從走變成了跑，從輕擺手到張開雙臂，從期待變成了熱烈嚮往。

然後，她的腳，啪嗒一聲，踩到了水。

冰涼，微癢，這是來自大海的撫摸。

而小靜知道這只是開始，因為海浪正在升高，一波一波，不斷疊高。

不知不覺，小靜身旁多了一個男孩，黝黑，帥氣，他手裡拿著一面衝浪板，對小靜露出雪白牙齒的微笑。

「今天浪況很好，衝嗎？」這男孩是柏。

「嗯。」小靜沒衝過浪，運動神經也普普，她猶豫。

但同時她的另一側出現一女孩，長髮，高䠷，凝望海洋的側臉美到令人著迷。

她手裡同樣抱著衝浪板，她對小靜一笑，笑容中有著可愛虎牙。

琴學姐也來了啊。

「學妹，走啦。」琴笑容迷人，「這浪可是妳創造的喔，不玩一下很可惜。」

「嗯。」小靜深吸了一口氣，撿起地上不知道何時出現的衝浪板。「走嘍。」

就這樣，小靜在左右兩側的柏與琴的陪伴下，邁步往前跑去，然後她雙手扔出衝浪板，趴上了衝浪板，放任浪把她身體整個抬高，越來越高，如同搭上高速電梯，一口氣帶上了燦藍色的天空。

天空好近，和地面距離好遠好遠。

小靜尖叫，大笑，在左側的柏，與右側的琴學姐陪伴下，小靜發出了許久沒有，許久沒有的笑聲。

啪啪啪啪啪啪啪，小靜的想像，被一陣掌聲所打斷。

「唱得真好。」發出掌聲的是小風，她眼中是真誠的感動。「抱歉，我本來還擔心妳駕馭不了這首歌。但妳剛剛唱得真好。真的好。」

「不好意思，我，我剛剛想著想著，就忍不住自己唱起來了。」小靜的臉紅了。

「不會啦，還有什麼比直接唱更能融入情境的？」小風微笑著，「怎麼樣，想好歌名了嗎？」

「想……想好了。」

「那妳想取什麼名字？」

「我想取名叫……」小風想起那片碧海藍天，還有她生命中最信任的兩個人，是他們在身旁，小靜才敢踏上衝浪板，才能感受直上天際的壯麗海浪。「〈給琴〉。」

這首歌，我想取名〈給琴〉。

「〈給琴〉？妳是說，琴嗎？」小風眼睛剎那睜大了，短短的數秒後，她的大眼晴中竟然隱隱蕩漾著水光。

「啊，不恰當嗎？會不會很離題？」

「不會，一點都不會喔。」小風忽然轉動椅子，背對了小靜。「對，妳說得真好，這首歌，確實會讓人想起了她。」

「嗯。」

「真的，琴那傻瓜，如果有衝浪板，就算自己從沒玩過，一定會跳上去玩吧。」小風始終背對著小靜，聲音帶著淡淡鼻音。「是啊，這首歌，真的像她……」

小靜看著小風的背影，突然有種感覺，此刻的小風不像熟悉的超級女強人，反而柔軟而寂寞，讓人很想伸手輕輕擁抱。

原來，小風和自己一樣，一直一直都很思念著琴。

從來都沒有中斷過。

陰界。

琴和莫言在巨鯨的乘載下，飛下了天空殿，最後降落在寬闊的海邊。

「這趟旅程就到這了，莫忘你們的承諾。」鳳閣跳下了巨鯨，而巨鯨則對鳳閣依戀地磨蹭了幾下後，就緩緩地沉入了無邊無際的大海中。

「放心，我們會想辦法潛入紅樓找到天姚，並且說服她教妳虎拳。」琴用手肘頂了頂莫言，「我們這裡有陰界第一神偷，潛入一個小小紅樓，難不倒我們的。」

「又幫我亂開支票？」莫言瞪了一眼琴，但他表情卻沒有太生氣的樣子，顯然對自己的功夫是有自信的。

「不過，莫言這段時間功力未復，又有政府在追殺我們，我們打算先做一件事。」

「喔？」鳳閣眼睛瞇起，一副饒有興趣的樣子。「你們打算幹嘛？」

「我打算，建立一個黑幫。」琴昂起頭，認真地說。

「啊，建立黑幫？」鳳閣眼睛睜大，「這可是大工程啊，身為一個黑幫的領袖，我很清楚黑幫要生存並不容易，首先，妳必須有謀生方式，就像我們海幫專門經營海邊生意一樣。」

「對，莫言也這樣說，」琴說，「這問題困擾我好久，但感謝天德紡織婆婆，我已經知道了。」

「啊，那妳打算做什麼謀生？」

「我要成為城市內部的美食運送者。」琴微笑，「陰界的美食千奇百怪，陰界子民更是對各類美食飢腸轆轆，若是成立一個以外送食物為主的黑幫，一定沒有問題的。」

「城市裡面的美食運送者啊……」鳳閣低下頭，沉思了半晌，才終於抬頭。「不過，我猜想妳會遇到一個棘手的問題。」

「啊，什麼問題？」

「要送美食，首先要有交通工具，陽世有摩托車，陰界可不興這一套，」鳳閣說，「妳得找到像摩托車一樣既輕巧又方便，速度又迅捷的陰獸，妳有嗎？」

「有喔。」琴微笑，指尖夾著一塊破布。「幸好天德紡織婆婆的殘布已經給了我暗示。」

鳳閣接過殘布，眼睛瞄了一眼，頓時懂了。「啊，這是……陸行鳥啊！」

「妳也知道？」

「我知道！牠們確實很適合。」鳳閣點頭，「這是居住在東北部寬闊平原的鳥，牠們奔跑速度快，耐力強，數目也不少，確實是非常適合城市移動所需，不過……」

「不過什麼？」

「不過牠們有一個問題，」鳳閣看著琴，「就是要駕馭牠們，要滿足一個條件喔。」

「什麼條件？」

「很簡單，卻也很難，」鳳閣笑了，「就是跑贏牠們。」

就是要跑贏牠們！

琴和莫言準備踏上往東北部平原的旅程，原本要買火車票，但又怕引來政府其他殺手的攻擊，會殃及無辜，所以他們決定先走一段海路，然後再走一小段陸路到東北平原。

而要走海路，就必須靠鳳閣，請她召喚一種陰獸。

飛行海豚。

飛行海豚總是成群出現，牠們能夠一口氣游上千里，雖然沒有巨鯨這麼龐大且安穩，也沒有乘坐海龜龜殼這麼愜意，但飛行海豚擁有的靈巧性和速度，卻是海幫幫眾私下最愛的坐騎。

鳳閣招來了飛行海豚，琴將手放在水中，海豚只是繞行了兩圈，就把長鼻放在琴的掌心。

「不錯喔，飛行海豚會辨識人心，牠們只願意接近善良的人，看樣子，琴已經獲得牠們的認同。」

琴順勢坐上了飛行海豚，只見海豚開心地往上跳起，帶著琴在海中上上下下，琴開心地尖叫。

當她騎著飛行海豚繞了半圈，發現她的老伙伴莫言，竟還沒有上飛行海豚。

「莫言。」琴騎著飛行海豚繞回了岸邊，「你不會怕了吧？你怕自己不是善良的人？」

「嘿，不說話沒人當妳是啞巴好嗎？」莫言雙手插在口袋裡，依然是一副酷樣，但遲遲不肯把手伸到水中。

「快點啦，不要害怕啦，你是甲級星擎羊星莫言耶，黑白兩道聽了都會怕的名字，幹嘛不敢把手伸入水裡啦。」琴騎在飛行海豚上，開心地揮著手。

「妳很吵嘿。」莫言看著水面下那些銀灰色美麗流線的海豚，他用力吸了一口氣，然後手掌迅捷如電，穿入了水中。

「動作太大了啦，又不是要用魚叉刺黑鮪魚。」琴叫著。

「不，不要講話。」而莫言的手已經在水中，周圍的海豚卻始終沒有過來。

「完蛋了你不是好人。」

「不要吵啦。」

「原來神偷不是好……咦？」琴在此刻安靜了下來。

因為海豚來了，擺動著美麗的尾巴，如同水中精靈般游動著，牠們來探索莫言的手掌了。

「莫言，千萬要冷靜，不要亂想什麼可怕的事情。」琴在旁邊小聲地說。

「我又不是妳，怎麼會亂想……」莫言話說到一半，突然覺得手心一癢，是一隻飛行海豚，正輕輕頂著莫言的手。

「不錯喔，有一隻海豚欣賞，等等，不止一隻？」琴大眼睛睜得更大了。

只見莫言的手心處，聚集了越來越多的海豚，比起剛才琴的一隻，硬生生多了十倍，十來隻海豚顯然都欣賞莫言的手心，在這裡張嘴可愛地叫著。

「啊，沒有很難嘛。」莫言看了一眼琴，嘴角又揚起帶著邪氣的笑。「聽說某人只一隻？」

「你的手心一定塗了什麼，等等，你不是陰獸專家嗎？一定塗了什麼？」琴大叫著，「肉汁嗎？你讓牠們以為你的手是午餐吧？」

「別太難過，我就是這麼善良啊，不然怎麼會陪一個笨蛋到處旅行呢。」莫言輕輕一縱，帥氣地坐上一隻體型最大的海豚上。

「請修正，是心地善良的漂亮女孩。」琴笑。

「好啦，我身負重傷，元氣未復，在同一處不要停留太久。」莫言轉頭對鳳閣說，「謝謝海幫幫主幫忙，這份大恩不會忘，我們先告辭。」

「嗯。」鳳閣看著琴和莫言，也舉起了手。

她沒有說出口的是，飛行海豚對人心之敏感，其實遠比她口中所描述更敏銳百倍，海幫甚至可用海豚來探測幫眾是否說謊？是否行惡？

但這兩個人，竟然如此簡單就馴服了海豚？

好一對真誠的旅人。

也許就是這份真誠，讓鳳閣可以忘記龍池的死，體驗了一趟刺激、危險，卻又珍貴無比的天空殿之旅。

看著琴和莫言對著自己揮著手，騎著一大群海豚，朝著東北海岸而去。

鳳闍忍不住笑了。

「也許，真正該說謝謝的……是我才對。」

旅程很順利，也許是政府殺手們沒有預料到莫言與琴會走這麼長的海路，也許是他們不擅長海戰，所以琴與莫言順利抵達了東北平原外的海邊，也足足讓莫言休息了三日。

「功力有稍微恢復了嗎？」琴與莫言，一同走在寬闊的平原上。

「只有三成。」莫言搖了搖頭，試圖催動了幾次道行，但仍可感覺到體內一陣陣空虛，這是尚未完全痊癒的證明。

「不然，我們在海上多待幾天，等到你道行完全恢復？」

「不好。」莫言說，「政府的殺手不是笨蛋，他們只是一時之間沒有意料到我們會選擇海路，如果我們繼續待在海上，他們群起而攻，功力未復的我反而危險。」

「嗯。」琴點頭。

「我們還是快點把妳要做的事情處理好吧。」莫言快步走著，「那就是建立自己的黑幫。」

「是啊，等等，你不是一直反對我建立黑幫嗎？幹嘛突然積極起來？」感覺到莫言的腳步加快，琴也跟著追上。

「為什麼啊？」莫言凝視著前方，「因為，地藏之手的行蹤洩漏了。」

「咦？和地藏之手洩漏有什麼關係？」

「哼，妳想想，地藏是何許人也？接下來政府出馬的就不是衰病死墓絕五星這樣的角色，至少是軍團團長的甲級星了。」

「哇，甲級星！」琴吞了一下口水，「我們又會碰到化忌或是地空地劫的角色嗎？」

「差不多。」莫言眼睛瞇起，「就怕……甲級星只是來探探地藏未死的真假，跟在之後的，就是主星了。」

「主、主星？」

「六王星，他們經過地藏之戰也多少受了一些損傷，不過就算他們功力未復，隨便來一個，仍可以把我們殺到無路可逃。」莫言說。

「我知道主星的可怕，那和我成立黑幫有什麼關係？」

「因為，黑幫是一個勢力，一旦勢力形成，我們就不再是獨行俠，黑幫會引來許多隱藏在暗處的高手加入，更會有我們專屬的情報網，甚至讓政府有所忌憚。」

「喔，對喔，所以黑幫會是一個保護網。」琴歪著頭，隨即可愛地笑了。「莫言，你很聰明耶。」

「哼。」

「幹嘛，我在稱讚你耶，你幹嘛不說話，你害羞嗎？」

「我害羞？我是鼎鼎大名的神偷，怎麼會害羞嘿？」莫言瞪了琴一眼，「我覺得妳有空，不如趕快做一件對每個黑幫都很重要的事情吧。」

「對每個黑幫都很重要的事情，是指什麼？」

「當然，那就是……」莫言一字一字慢慢地說著，「黑幫的名字。」

「黑幫的名字？」

「黑幫的名字象徵著它的魂魄，古老的僧幫，強橫的道幫，神秘的紅樓，靠海生活的海幫……都是一聽到名字就能感受它們的立幫精神！」莫言說，「妳這個專門在城市運送美食的幫派，打算叫什麼名字？」

「喔這問題喔，嘿嘿，不瞞你說，我可是早就想好了。」琴露出小虎牙，笑得開心。

「喔？」

「這個黑幫，會有我希望奉行的客家人硬頸精神，所以會有一個『硬』字，在城市中送貨，就是專門幫助城市中需要幫助的人，所以會有一個『幫』字，最後再套上一個幫派的『幫』字。」琴笑得迷人。「結論就是……」

「『硬』，『幫』，『幫』？」莫言的眉毛上揚，不，可以說是整個扭曲。

「對，就是硬幫幫！」琴笑著，「有沒有很好記？」

「等等，硬幫幫？這，這什麼名字……妳，妳說妳生前在陽世是什麼工作？」

「幹嘛提這麼早以前的事情，我會害羞。」琴微笑，「我是編輯啊。」

「編輯！編輯不是陽世中最懂文字，最理解文字，最能制伏狂妄瘋狂無法無天『作者』的一種神聖職業嗎？」莫言全身微微發抖，「妳怎麼會，怎麼會，怎麼會想出『硬幫幫』這種名字？」

「還好啊。」琴歪著頭，「啊，說到這，我生前每一次想出來的書名，不瞞你說，那可是連作者都會害怕喔。」

「我懂，」莫言喃喃自語，「我完全明白作者為什麼會害怕……」

「對啊，所以硬幫幫很酷對不對。」琴用力拍了莫言肩膀一下，笑著。「而且你還是硬幫幫編號第一號。」

「我不要。」

「那硬幫幫副幫主？」

「不要。」

「不要任性，你就是硬幫幫副幫主一號啊。」

「我不想和妳說話了。」

「莫言……」

「到了。」莫言停下了腳步，似乎迫不及待地想要結束這話題。

「什麼到了？」

「東北平原到了。」

「啊。」琴放眼望去，這裡是一片寬闊的草原，草原往天際延伸，直到盡頭的一座高聳綿延的山脈。「中央山脈……」

「對，這是被稱作護國神山下最寬闊的草原，陸行鳥就居住在這裡。」

「可是，我一隻都沒有看到？」琴疑惑地歪著頭。

「這裡至少有上百隻正在奔馳，不過，妳沒看到也是正常的……」

「你不會又要說智商太低看不到吧？梗太老會被討厭喔。」

「這倒不是。」

「那是什麼？」

「陸行鳥是棲息在『速度』裡的生物。」莫言單邊嘴角揚起，「妳得跑得夠快，才看得到牠們。」

跑得夠快，才看得到的陰獸？琴再次睜大了眼睛，這陰界，可真是無奇不有啊。

草原上，正有數百隻陸行鳥正在奔馳。琴歪著頭。

「加速吧，妳就會看到牠們了。」莫言說完，腳下滑出兩個收納袋，收納袋有如滑雪板般，將莫言腳下的摩擦力，下降到將近了零。

一旦沒有了摩擦力，任誰都可以成為速度之王。

「喂，莫言，你身體還沒好，不要太勉強啊。」琴忍不住說。

「還好，三成功力，打架不行，但滑滑冰不成問題的。」莫言說完，已經在這片寬闊草原上滑行了起來。

「嗯，這樣都要跑，到底是誰比較任性啊？」琴搖了搖頭，同時間運起全身的電能道行，集中到了她的雙腿肌肉處。

尤其是小腿。

在澎湃的電能挹注下，琴的小腿上肌肉透出強悍美麗的流線，然後她低喝一聲，開始狂奔起來。

是獵豹。

在草原上奔跑的優雅母獵豹。

而神奇的事，也就在琴進入高速時發生了，她聽到腳步聲，踏踏踏踏，快速而輕盈，遍布了整個草原。

而琴的速度越快，越看清楚了這些神奇的生物，牠們身形有如鴕鳥，但頭比鴕鳥大上幾倍，大眼大嘴，有如黃色小鴨，頭上還有各式各樣的帽子。

「好可愛。」琴眼睛亮起，「怎麼會有動物戴著帽子？這是天生的嗎？」

「是的。」莫言的聲音從琴的身邊傳來，此刻的他也用高速移動。「這是天生的，而且每一隻路行鳥的帽子都不一樣，會顯現牠們的特性。」

「那我們現在該怎麼辦？」

「鳳閣不是告訴過妳了嗎？」

「啊，你是說……」高速中，琴回想起鳳閣所言之事，露出了笑容。「跑得比陸行鳥還快，然後騎上去？」

「沒錯。」莫言也笑了，「就看妳有沒有那個能耐了。」

跑。

跑跑跑。

跑跑跑跑跑跑。

全身如豹，琴用盡全力跑著，她的速度早已超越還是陽世的自己，不僅如此，她也遠比摩托車還快，甚至足以超越高速公路上盡情奔馳到輪胎滾燙的汽車。

她如同一輛將引擎轉速拉到最高的F1賽車，放手全力衝刺。

她越跑，周圍陸行鳥就出現得越多，原來有更多陸行鳥在更高的速度次元中奔跑著。

而琴游目四顧，開始搜尋她想要馴服的對象，仔細看去，她才發現陸行鳥的外觀其實略有差異，主要差異都是在牠們的體型，以及頭上的帽子。

有的飛行官帽子像是日本戰鬥機飛行員，後側連著一塊布遮擋著脖子，有的是簡單三角形如同警察的扁帽，也有的陸行鳥的飛官帽相似，但防風眼鏡樣式不同，或是顏色或布質使用不同。

而當琴的速度越快，她發現能看到的帽款是又更多元，有的長得像高帽子，有的像少女花邊帽，有的則更像安全帽，下緣還連著疑似麥克風的物體。

「莫言，陸行鳥的帽子真是太有趣了。」琴在高速中，對莫言大喊著。

「帽子是陸行鳥的特徵，就像是我們人類的外貌一樣，不過，妳要小心……」莫言的聲音傳來，「陸行鳥雖被歸類成A級陰獸，不太會傷害人，但仍要小心，牠們之中存在著王，那隻可是百大——」

「莫言，好有趣，我看到有一隻陸行鳥不太一樣！」沒等到莫言說完，琴就打斷了莫言，她眼睛亮起，看見了一隻截然不同的陸行鳥。

這隻陸行鳥頭上所戴的物體已經很難稱作帽子了，牠戴的是一圈繩子，繩子上隱約寫有「速度必勝！」。

這隻陸行鳥在奔跑的鳥群中一閃而過，而在這牠短暫的現身中，這隻特殊的陸行鳥竟然轉過頭，目光如電，看了琴一眼。

這與琴目光交會的瞬間，琴可以明顯感覺到兩個字：挑釁。

來追我啊？烏龜女孩！

但就在下一瞬間，牠雙足一踩，速度陡然提升，又消失在更高速的領域中了。

「琴，等等，妳看到的難道是……」莫言正要詢問琴，卻見到琴發出大喊。

「竟然挑釁我？我絕對不會輸你的啦！」

下一刻，琴全身紅橙黃綠色電能快速提升，速度更快了，她感到風猛烈地吹著，將她長髮吹成水平直線，在這次元中，她又看見了那隻頭上綁著必勝的陸行鳥。

「追上你了。」琴笑著，雙腿再次運勁，朝著必勝陸行鳥靠了過去。

「咕咕。」必勝陸行鳥見到琴追上來，倒也不慌張，那扁扁的鴨嘴拉長，竟是一抹笑。

然後，牠鳥足再次加速踩踏，踏踏踏踏踏！踏踏踏踏！

當牠的踩踏速度加快，頓時進入更高的速度次元，眨眼又消失在琴的眼中。

「好啊，剛剛的鳥嘴是怎麼回事？是在譏笑本姑娘嗎？」琴雙眼就要燃燒起火焰，「看我再加速！」

琴大喝一聲，全身電能湧現，這次，她已經用上藍色電能，電能化成一陣陣電波，注入琴全身肌肉，她瞬間跨入新的領域，迎面而來的，是轟然一聲像是撞入水中的震撼感。

「這是，音爆？」琴被爆得有點頭暈腦脹，但隨即收斂心神。「我剛剛超過音速了嗎？」

跨入音速，這裡的陸行鳥變少了。

所以，琴一眼就可以看見那個臭屁挑釁的傢伙。

牠回頭看見琴，竟然還是那副完全不慌張的樣子，鴨嘴不但上揚，這次，還搖了搖牠的屁股。

「搖屁股！這太傷人了吧！」琴大叫，右手一伸，她看見那必勝陸行鳥屁股的羽毛，已經在琴的掌心之下。「看我一把抓住你！」

但下一瞬間，琴看見，她掌心下的陸行鳥羽毛，竟然消失了。

因為，這隻必勝陸行鳥，雙足以更快頻率踩踏，踏踏踏踏踏！又溜入了新的速度次元。

「好樣的！很會跑嘛！」琴握拳，此時她已經和這隻陸行鳥追逐了將近十公里，在這片寬闊無邊的東北草原上，有如兩枚燦爛的流星，一前一後高速衝刺著。

琴電能提升，她已經用上了最高的一色，也就是最近與霜對決時，才終於領悟的靛青電能。

靛青色電能一出，琴只覺全身像是踏入一個虛幻的世界，周圍的景物竟莫名的扭曲，她突然想起了她大學好友阿豚所說的……時間扭曲了嗎？

據說一個物體越靠近光速，與周圍的時間就會發生越劇烈的扭曲，扭曲到極致就是光速本身，那瞬間，光速的物體會時間暫停。

琴為了追上這臭屁的必勝陸行鳥，用上了自己都沒有把握能駕馭的頂級的電能，竟出現了時間扭曲？

也就是說，琴此刻的速度雖然不至於到光速，也是正在靠近光速，那是足以讓琴產生時間扭曲的感受了。

「我不相信，這樣還抓不到你！」琴在這全新的速度領域中，她再次看見了那隻陸行鳥。

比一般陸行鳥稍嬌小，但卻更顯靈活精悍，全身毛色是優雅的淡金色，最大的特色還是牠頭頂寫著「速度必勝」的繩子。

牠這次沒有挑釁眼神，鴨嘴也沒有上揚恥笑琴，更沒有搖屁股的羽毛。

牠看見了琴，瞳孔微微收起。

那是認真的眼神。

然後，牠微微收起脖子，翅膀張縮成三十度，這是絕對衝刺的姿態。

牠鳥足抬起，微微停頓……

然後，用力踏下。

這剎那，琴感到地面微微震動。

「還能加速？不會吧？」琴還來不及吃驚，眼前的必勝陸行鳥，只剩下一抹，殘像。

殘像，是因為速度太逼近光，導致人類神經元處理速度跟不上導致。

「太誇張了啦！莫言！莫言！要抓一隻陸行鳥，要用到逼近光速？」琴大叫，但莫言卻無法回答她，原因有二：一是莫言重傷未癒無法跨入這領域；二則是……當速度太快，聲音追不上琴，已經沒有任何意義了。

「沒有莫言，只能靠自己了，但我會的電能顏色都用光了！我又還沒到紫色！」

琴苦惱地跑著，她無法維持太久的靛色電勁，難道真的要放棄了嗎？

這可是她下定決心踏入黑幫道路的第一步，沒想到一開始就失敗了。

琴使出靛色電勁，在寬闊的草原快速奔馳著，沒有辦法了嗎？她真的追不上這隻頭上綁著必勝的陸行鳥了嗎？

不行！

我絕對不會放棄！

所有招式都用完了嗎？對，電招都用完了！

但她還有一招，這不是電招，而且是前幾天才誤打誤撞學會的，更是連能不能使出來都沒把握的一招！

不過既然已經沒有招了，那就來試試吧！

琴雙手合十，高速中，紊亂流動的時間扭曲中，她道行釋放，而且這次不是電，而是……手！

數十隻，上百隻的手，如百花盛開，在琴的周圍。

同時間，所有的手都按住了琴的背。

「千手觀音！」琴大喊，「送我一程吧。」

下一瞬間，所有的手同時往前一推，帶著琴的身體繼續往前加速，更將琴的速度，再次往上提升。

然後，進入了新的領域。

那個領域，只剩下一隻陸行鳥，那就是身體縮緊，爆發百分之百力量的必勝陸行鳥。

牠回頭，眼神中是驚愕，更是驚喜。

因為，琴已經從背後刺眼的白色光芒中衝刺而來，然後高高躍起，咚的一聲，她已經抱住了必勝陸行鳥的脖子了。

一人一鳥，還是用相同的速度，在這片草原上發狂奔馳著。

「還差一點！」琴周圍是一大片扭曲，她已經到了速度的極致。「還要再一點才能坐上去。」

他們，還在狂奔。

「千手觀音，再推啊啊啊啊！」琴大喊一聲，背後的千隻手貼住了她的背，轟然一聲，最後加速！

然後琴首次感覺到，自己超過了必勝陸行鳥，雖然極短暫，但也足夠讓琴身體躍起，穩穩的，坐上了必勝陸行鳥的背。

坐上了，陸行鳥的背。

「咕咕。」必勝陸行鳥仰頭，發出悠揚而獨特的叫聲，這是被馴服的叫聲。

「耶！」琴高舉右手，發出勝利的歡呼。

成功了，我的陸行鳥。

「你有名字嗎？」琴用雙手環住了陸行鳥的脖子，柔軟蓬鬆的羽毛，抱起來好舒服啊。

「咕。」必勝陸行鳥搖頭。

「那好，因為看到你頭上的繩子，那我就叫你，阿勝吧。」琴笑。

「咕咕。」必勝陸行鳥開心地點頭，牠喜歡這名字。

「接下來，請減速。」琴說，「我要把你帶給我的老友莫言看，嘿嘿，借我炫耀一下。」

於是，陸行鳥開始減速，琴可以感覺到速度正一層一層的往下降，直到她終於再次看到草原上滿滿的陸行鳥，以及，她的老友莫言。

不過，就在琴看見莫言的剎那，她忍不住啊的一聲。

「莫言！你怎麼會變成這樣？」她失聲叫道，「這是怎麼回事？他們是誰！？」

一個身高極高的光頭枯瘦男子，正單手抓著莫言，把莫言當抹布一般，不斷往地面上摔擊。

而莫言全身是血，眼睛緊閉，只靠身上薄薄的收納袋，減低身軀撞擊地面的衝力。

面對這生死一線的慘況，一代神偷莫言，真的會在此喪命嗎？

第六章・獨戰五暗星

陽世。

現在是晚上十點，也就是小風和小靜架設的網路，五小時約定的期限。

當網頁上的時間倒數從三秒、兩秒、一秒，然後歸為零之時。

這首小靜與小風首次合作歌曲的第二階段「五句歌詞」，打開了。

當歌曲打開的同時，小風和小靜兩人正緊盯著網路，她們不自覺地心跳加速，因為這會是這波行銷的第一次考驗。

前三句歌詞透過「科技貼紙」和特殊的帥哥美女行銷，確實達到了一定的效果，但當再加上另外五句，整首歌的調性會更加清楚，這樣還能持續吸引話題和聽眾嗎？

而第一個考驗，就是網路上的下載數。

「沒有人耶？沒有人下載耶。」小靜低下頭。

「別傻了妳忘記網路的品質嗎？延遲三秒再來判定吧。」相較於小靜的緊張，小風倒是老神在在。

而當三秒過去，下載數突然跳了一下。

這一跳，頓時讓小靜低聲叫了出來。

「一千……」

「什麼一千？妳眼花了嗎？」小風笑，「是一萬好嗎？」

三秒，當網路與網頁計數系統延遲過去，立刻顯現這首歌的威力。

三秒，一萬四千兩百二十二。

十五秒，四萬一千一百一十七。

三分鐘，十萬零六百五十五。

十五分鐘後，下載數正式突破二十萬！

「好棒啊！好多人下載我們的歌來聽耶！」小靜聲音難掩雀躍。

「這只是一開始而已喔。」小風看著數字，眼睛瞇起，手指輕點滑鼠，切到了另外的頁面。「接下來才是真正考驗。」

「啊？」

「我們上社群網站看評價。」

「社群網站？」聽到這四個字，小靜微微吸了一口氣，對，那裡才是可怕的地方，因為這裡能窺見大眾的反應，而且所謂的大眾，可不只是善良的音樂愛好者，這裡有可怕的酸民，惟恐天下不亂的鍵盤戰士，還有以別人失敗為樂的作惡分子。

「小靜，眼睛可別閉上。」小風眼睛直直地看著螢幕，「相信妳自己的歌聲，和我的判斷啊。」

小靜深吸了一口氣，沒有別開眼睛，看著螢幕。

螢幕上的各大媒體，果然如小風的預料，開始出現了……關於這首歌的討論！

『之前那神奇的三句歌，有了後續，有人去下載了嗎？』

『我下載了耶。』

『好聽嗎？真的有像前三句歌這麼震撼嗎？』

『我必須說，真心地說……』

『說什麼？』

『真心說，真他媽的……好聽啊！』

『喂！六樓的，別說髒話，有點水準好嗎？真有那麼好聽？』

『靠！真的！前三句就是在飆歌衝浪，這五句不太一樣，怎麼說呢？就是拿著衝浪板跑向大海的心情啦，聽完之後整首歌變得好細膩，我的天啊，我現在已經開始好奇後面了。』

『這麼厲害，那我去載下來看看！』

『快去快去，老子說乾口水你也不懂。』

這樣的對話，以不同型態，在各大網站緩緩地滲開，引來越來越多好奇的網民下載小靜的歌。

『哇勒，真的好聽耶，才八句歌詞，我就覺得自己像到了海邊，好懷念夏天喔我的媽，對了這首歌有名字嗎？』

『名字嗎？網站上好像有寫……』

『〈給琴〉？這歌名是什麼意思？』

『誰知道啊，是紀念某人嗎？』

當然，沒有人能猜出歌名的意思，但討論越來越熱，有人開始猜測這是哪個歌手？或是哪個經紀公司搞出來的驚人宣傳？

不少唱片公司的網頁都被網民留言灌爆，拚命詢問這是哪個歌手？

更已經有人開始替這八句歌詞加上後面的歌詞，編成了一首新的歌，藉此來讚揚這八句歌詞多麼的精采！

不過，這波討論一直持續到了晚上十二點左右，因為一則留言，創造了新的高潮。

這留言者，不是別人，正是小靜。

『嗨，我是原唱，我想告訴大家，二十四小時後，也就是明天晚上十點，將會有後面十五句歌詞喔。』

這訊息一出，網路騷動，因為若再加上前面的八句，累積到二十三句，等於是整首歌的一半了。

當歌唱完了一半，整首歌的架構、情境、旋律都會完整，尚未唱出的一半，總會有些許重複，或是更多的變調。

不過，當這消息一放出，小風卻不再觀察社群網路，她甚至關上螢幕準備睡覺。

「小風學姐，不看了？」

「不看了，別陷入社群的情緒裡面。」小風微笑，「早點睡比較重要，替最後一幕做準備。」

「最後一幕，講得好像偵探殺人案喔。」小靜笑，這一晚雖然緊張，但丟上五句歌詞之後網路的反應不錯，確實也讓小靜鬆了一口氣。

「我覺得今晚才會是關鍵。」小風的表情，卻沒有小靜這樣輕鬆。

「關鍵？」

「嗯。也許是我多心，妳不覺得……每次妳的事只要過了一晚，就會突然惡化，整個翻盤嗎？」小風目光嚴肅，「所以我覺得，今晚也會是關鍵。」

「對！每次談好的商演，說好的唱歌邀約，過了一個晚上對方就會改變心意！」小靜露出懊惱的神情，「真不知道對方發生了什麼事？」

「我想，也許是他們作夢了。」

「作夢？」

「說來玄妙。」小風淡然一笑，「妳還記得我們曾經一起體驗過的惡夢嗎？」

「啊，對，那個惡夢……妳說那個偷夢賊！還有夢貘！」小靜吞了一下口水，「妳說那個要把我拖入陰間的夢嗎？」

「是。」小風點了點頭，「我說的就是那個夢，我認為他們是存在的，不然我們不會夢到完全一模一樣的情境，而他們正用夢境影響著其他人。」

「另一個世界……」小靜大眼睛眨動兩下，她沒有因為小風這番言論而吃驚，事實上，她也是這樣想的。

包括上次為了拯救蓉蓉踏入的那間可怕警察局，還有巨大化威武的小虎，都在在說明著另外一個世界的存在。

只是如果按照小風的說法，讓小靜這一年不斷被拒絕打壓的原因，也是因為另外一個世界有人作梗嗎？

「是的，這是我猜測的，也許荒唐，但卻是一個可能。」小風慢慢地說著，「這幾年來我之所以能把生意越做越大，是因為我不放棄任何一個可能性，每場收購案總是有太多變數，都要小心處理。」

「小風學姐，妳說每過一晚上事情就惡化，難道妳是說……那個偷夢賊進入了他們的夢裡？」

「是。」小風點頭，「我確實是這樣想的，而且這也是我規劃整個活動的原因，而真正的決戰，就在今晚。」

「今晚？」

「對。」小風凝重的表情，露出一絲微笑。「我想知道，偷夢賊的能耐在哪裡？

他能改變一個人的夢、兩個人的夢，甚至是十個人的夢，但我們這一次，可是一口氣製造了二十萬個聽眾呢。」

「對耶，我們有超過二十萬人！」

「沒錯，這是我的賭注，我賭這個混蛋偷夢賊，無法一口氣潛入二十萬人的夢，我要讓他忙到連尿尿的時間都沒有！」小風的眼神，自信光芒依舊。「明天早上，我們答案揭曉。」

小風的賭注，就在第二天早上，答案揭曉。

入了夜，當聽眾們紛紛熄燈，以睡眠替疲倦的一天畫上句點之際……惡夢，開始行動了。

深黑色的影子中，一個鬼魂躡手躡腳地來到，他來到這男子的夢中。

夢中都是飛機，大大小小的飛機，有的是衝刺天空的戰鬥機，有的是寬闊巨大的運輸機，這男子曾經因為去看《捍衛戰士》電影而淚流滿面，因為他從小就是飛機迷。

他又再次夢見了飛機，也許是因為聽過了〈給琴〉的八句歌詞，勾起了他最珍惜的回憶。

這鬼魂冷笑了。

他是偷夢賊。

他從懷中撒出三、四顆果子，這是擁有咒力的惡夢之果。

惡夢之果的咒力一接觸到夢境，立刻開始發芽，長大，數秒內就長成一棵可怕滿是樹瘤的黑色大樹。

黑色大樹的手臂像是動物爪子，開始捕捉夢中原本快樂飛行的飛機群，夢境的顏色也從天空藍變成了渾濁的灰色。

而當偷夢賊順利地破壞了這男子的夢境，他的懷中響起古怪聲音，那是一個鬧鐘，當偷夢賊拿出鬧鐘時，鬧鐘竟然開始說話了。

「鈴鈴！偷夢賊，鈴鈴，你還順利嗎？鈴鈴！」

「還敢問我勒！擺渡人！說什麼你會透過你的能力，調查陽世的事，只要不斷破壞老大的夢想，老大遲早會精神崩潰，選擇自殺最後回到陰界！」偷夢賊語氣很差，「結果呢？老大的歌聲一口氣影響了二十萬人！我忙到連尿尿的時間都沒有。」

「哈哈，別生氣嘛。」擺渡人的聲音從鬧鐘中傳來，「以你的能耐，一個晚上一千個夢境沒有問題吧？有記得照我給你的名單去下咒嗎？」

「當然有！可是，只有一千足夠嗎？我們有二十萬個聽眾！」

「放心吧，那個叫做小風的女孩自以為了解陽世的網路？我才是。」擺渡人冷笑，

「陽世網路有句話叫做『帶風向』，當所有人都往右看的時候，只要有十個人往左看，剩下人就會忍不住跟著往左看，這就是人性啊，哈哈哈。」

「哼，最好你說的是對的。」偷夢賊冷冷地說。

「放心，而且我給你的名單，就是平常那些惟恐天下不亂的人，由他們來帶風向，威力倍增，嘿嘿，那個叫小風的女孩想和老子拚？還早個十年勒。」

這場群眾心理的宣傳戰，小風和擺渡人的網路鬥智，第二天果然發生了變化。縱然小靜擁有二十萬以上的下載數，一開始人人叫好的優勢，在第二天卻發生了巨大的變化。

因為，負評出現了。

負評一開始並不多，頂多幾百則，但卻如瘟疫般具有高度傳染力，一下子就散播開來。

『就是一首歌而已嘛，幹嘛那麼假掰，還分好幾次唱？』

『妳以為自己是誰啊？國際巨星嗎？根本就是一個成不了名的幕後歌手，用這種手段，悲哀喔。』

『你們說歌很好聽？我覺得還好啊，聽兩次就膩了。』

『說唱腔很清新？我覺得那是因為沒有唱歌技巧吧。』

『聽說這次的唱歌不是真人，是合成音，是騙人的喔，是唱片公司的假宣傳而已啦。』

負評混著謠言，中傷，惡意的造假，混入各大社群媒體的聊天串，更有人做了諷刺的迷因圖，試圖混淆視聽。

「真厲害。」小風一手拿著餅乾，蹺著腳，看著正在不斷增加的網路負面評價。

「嗯，好像不太妙哩。」小靜露出苦笑，就算小靜生性平和不愛與人相爭，面對這些翻湧而來的負面評價，也感到苦惱。

「是不太妙啊，所以我才稱讚那個『隱形的敵人』才是厲害。」小風微微一笑，在她臉上，卻完全看不出煩惱。「以前有個心理測驗，如果三百個人列隊一起往右看，但突然叫其中十個人往左看，妳猜會發生什麼事？」

「不知道……」

「明明三百個人的人數是十個人的三百倍，但那三百個人就是會受不了誘惑，跟著往左方看去。」

「為什麼？」

「因為這就是網路，網路上大多都是所謂的『沉默的大眾』，他們默默往右看，卻不肯發聲，最後整個隊伍就被少數往左看的人影響，結果後來來的人就以為整個隊伍都是往左看……」

「啊。」

「這有個專有名詞，叫做『帶風向』。」小風微笑著，「看樣子，我們那隱形的敵人出招了，以小搏大，用帶風向來對付我們，不過也好啦……」

「也好？」

「會用帶風向這招，也表示他們確實無法一口氣破壞二十萬人的夢境啊。」小風微笑，「接下來，我們也只能堂堂正正的對決了。」

「嗯。」

「今晚十點，第二波音樂登場。」小風眼神變得專注而認真，「當他們變成多數，就換我們來把風向拉回來了，我們最大的本錢，就是……」

「就是？」

「就是妳的歌聲，小靜。」小風充滿信心地笑著，「妳，就是我們最強的後盾。」

陰界。

現場，是一幕慘烈的戰鬥畫面。

一個身高極高的光頭枯瘦男子，正單手抓著莫言，把莫言當抹布一般，不斷往地面上摔擊。

莫言全身是血，眼睛緊閉，只靠身上薄薄的收納袋，減低身軀撞擊地面的衝力。

枯瘦男子身邊，是一名短髮少女，她周圍全部都是飄浮的手機，少說也有五十支，每支手機上的資訊都不斷跑動著。

「莫言！」琴怒極，她腳下的阿勝似乎感應到了琴的憤怒，雙足一踩，那驚人的高速瞬間展現，讓琴跨越數百公尺，直接來到枯瘦男子前方。

「好快。」枯瘦男子顯然吃了一驚，他看見琴由上而下，美麗的臉蛋滿是怒意，一掌直接劈了下來。

這一掌，在空氣中畫出戰慄的靛色光芒，雖然極快，但卻拖出一條有如火流星般的軌跡。

因為，琴怒極，看見了莫言如此受辱，她毫不留力，直接打最強一擊。

「給我爆！」琴吼。

這枯瘦男子能擊敗只有三成功力的莫言，也不是簡單角色，他看見琴的這一掌，電能猛烈如大江潰堤，洶湧洪水滾滾而來，他急忙以雙手護住胸膛，高大身體捲成球形。

球體圓滾，能卸去攻擊，琴的這掌雖猛，但卻失去了正面擊破的準頭，沒有將這枯瘦男子當場擊斃，只是把他遠遠地轟了出去。

男子被轟退，但身體仍不斷滾動，滾動中卸去琴的電能，連退了將近數百公尺，才終於停下，更在地面留下一條清晰的焦黑滾痕。

「咦？」琴的這掌下手極重，本以為可以把此人當場劈成焦屍，但沒想到他竟可以透過身體轉動的奇異體術，把電能洩去。

這人不是一般的政府殺手？

「好厲害的一掌。」那高瘦男子緩緩站起，蠟黃的臉上，嘴角流下一絲鮮血。「就算我死星死不透用了全力抵擋，竟然還是傷了？」

「五暗星！又是你們！」琴想起不久前的火車大戰，五暗星以乘客為陷阱，也是害得莫言中毒。「莫言，你還好嗎？」

琴擊退了死不透，她一轉身，就要觀看莫言傷勢。

只是當琴一靠近莫言，背後突然傳來一道少女的聲音。

「妳也太擔心自己的朋友了吧？幹嘛，戀愛了喔？」

「什麼？」琴身軀猛然一停，她赫然發現，自己身軀被各種奇異的數字和符號包圍，這些符號是各式各樣的資訊文字，像好幾條蛇一樣在琴的身上蜿蜒爬行著。

琴回頭，見到這些混亂龐大資訊的由來，就是剛剛站在枯瘦五暗星旁的那個少女。

少女面容陰沉，正快速地操作她面前飄浮的數十支手機，每支手機閃爍著光芒，而資訊之蛇，就是從這些手機中游離出來的。

琴訝異地看著正在身上蜿蜒爬行的數條資訊蛇，「這是什麼？」

「我是五暗星中的病星，我叫做病到底。」陰沉少女手一揮，如同指揮家般的手勢。「吃吃我的絕招吧，混亂糾纏令人窒息的巨大資訊量！」

就在少女揮手的剎那，琴突然感覺到身上的資訊之蛇突然收緊，同時間，那有如炸裂般的資訊，從耳朵，從眼睛，從每個感官，瘋狂湧入了琴的體內。

「臉書！」「IG！」「推特！」「抖音！」「Line！」「網頁！」「遊戲APP！」「PTT！」「即時推播！」「YouTube！」「Google！」龐大排山倒海的資訊，炸入了琴的全身上下，琴從未經歷過這種型態的攻擊，只覺得痛苦萬分，摀住耳朵，蹲了下來。

「我的資訊之蛇，透過大量雜亂的資訊注入腦部，藉此由內部摧毀人的意志。」陰沉少女嘿嘿地笑著，「不管妳是誰？只要中了我的資訊之毒，不用幾天，就會虛弱而亡，這就是我病星的厲害！」

琴蹲著，腦中是不斷炸裂的資訊，深夜美食，可怕戰爭，政治立場，種族偏差，兩性議題，氣候變遷……還混著各種跳躍的影像，街舞，魔術，影劇，還有可怕的長輩圖！

「怎麼樣？害怕了吧。」那少女咯咯笑著，「我之所以成為暗星之一，就是靠著這獨一無二的暗殺手法，在夜晚偷偷放上幾條資訊之蛇進入目標的房間，就能讓目標硬生生被資訊折磨至死！」

「好多，好多資訊，好多……」琴全身被資訊之蛇緊緊勒緊著，不斷灌注到腦中的訊息，乍看之下讓腦子得到了訊息，事實上腦子早已吃飽，開始疲累麻痺，甚至開始發熱炸裂。

「不過妳該感到驕傲，因為妳是政府頭號目標，所以我用上了所有的資訊之蛇，也就是說，妳不用兩分鐘就會死了，啊，剩下八十二秒了。」少女笑，她操縱著周圍數十支飄浮的手機，其中一支在正前方，它顯示著一組正在倒數的數字，正是82。「我們做資訊的，連殺人也要講究精準，不是嗎？」

手機螢幕上，正閃爍著密密麻麻各種資訊，而這些資訊就化成一條條毒蛇。

毒蛇正不斷在琴的身上爬行，毒蛇吐出資訊，鑽入琴的腦中，少量也許無害，但量一旦過多，就變成破壞心智的殺人劇毒。

這就是「資訊」。

人們萬分依賴，卻忘記過量可能致死的「資訊」。

就在琴摀著耳朵，努力抵抗這資訊殺手之際……琴感覺到懷中微微一動，地藏之手露了出來。

地藏的手，以無名指和中指相夾，比了一個特殊的符號。

琴看懂了，但她卻咬著牙，忍痛一笑。「不用，我不用幫忙，你道行和莫言一樣都尚未復原，不過是一個手機成癮的中二少女，我可以搞定。」

「妳可以搞定？」陰沉少女的臉色驟變，「我不管妳和誰說話！但是我聽錯了嗎？妳都剩下五十九秒的生命了，還敢說可以搞定？」

少女面前手機的倒數，剩下59。

「我可以搞定。」琴抬起頭，美麗而專注的眼睛，閃爍堅定光芒，看著眼前的陰沉少女。「妳問我和誰說話？這一次，我確實是對妳說，我可以搞定，妳這個中二少女。」

「放……肆！」陰沉少女與琴對視，但只維持短短一秒，少女就支撐不住地避開了眼神。

因為少女自己避開眼神，她更顯憤怒，她大叫一聲，雙手瘋狂舞動，所有的手機像是回應她的狂怒，亮度大增，畫面閃爍而刺眼，而手機裡頭的資訊，更是嘩啦啦地湧出。

更多的資訊，創造出更多的資訊之蛇，蛇體也更粗壯兇惡。

「看樣子，妳的絕招就這樣了？」琴身體被資訊勒得更緊了，腦中炸裂的聲音更尖銳了。

「住口！」陰沉少女再尖叫，叫出了她面前手機的數字。「再十秒，妳就死了，九、八、七……」

「我說過，我可以搞定。」

「等到數字是零，妳就死了！六、五、四……」少女尖笑著。

「如果妳的招數只有這樣……」

「三、二、一……」少女的大笑戛然而止，因為倒數就這樣，停住了。

停住了？

為什麼？

琴慢慢起身，輕甩長髮，面露淡淡的帥氣微笑。「接下來，就換我出招了。」

下一剎那，少女面前的手機，啪的一聲。

1消失了。

取而代之的，是一片空白。

關機畫面的一片空白。

「怎麼，怎麼會這樣！」陰沉少女再次尖叫，但下一刻更驚悚的事情發生了，少女周圍數十支，正確是七十三支手機，就這樣啪啪啪啪啪，一支一支全部關機了！

「為什麼會這樣啊？」琴整理了一下長髮，露出溫和笑容。「妳知道我的技是什麼嗎？」

「是……是電？」陰沉少女看著眼前的手機一支支不斷暗去，她感到背脊滲出涼意。

「那妳知道所有資訊產品的根本能源是什麼嗎？」琴直直伸出右手，如同手槍般，比著少女。

「是……是電？」

「賓果。」琴一笑，右手槍口食指砰的一聲，射出電光。「所以說，怎麼會有人用手機來挑戰電的操縱者呢？」

電光，就這樣透過琴的指尖，快速地、輕巧地，射中了少女的其中一支手機。

手機微微顫動兩下，電能像水一樣漲溢出來，然後轟然炸開。

不只如此，炸開的電光如火花四濺，噴射到其他手機上，其他手機也就像受到感染，電能往外竄出，尖銳吱吱聲亂響，不斷顫動，最後也走向了相同的結果。

炸裂。

一支跟著一支，不斷地在陰沉少女的面前炸裂，炸出片片花朵，更炸得陰沉少女臉色慘白。

當所有的手機都炸成了碎片，在一片煙霧中，陰沉少女看見了，琴就站在自己的面前。

長髮，高眺，眼神明亮卻又堅定，美麗外表中帶著無懼天下的傲氣，雙手扠腰，正站在陰沉少女的面前。

「我……」陰沉少女此刻卻突然臉紅了。

她眼睛睜大，她臉紅的原因是，她突然覺得……好帥。

這琴，好帥喔。

「給妳教訓。」

然後，琴伸出食指，啪的一聲，在陰沉少女的額頭彈了一下。

「啊。」陰沉少女啊的一聲，雙手摀住額頭，原本以為自己腦殼肯定破開腦漿會噴濺出來了吧，但沒有耶，她只有額頭微微發痛而已。

「下次不可以嘍。」琴聲音威嚴，走過陰沉少女，朝著莫言走去。

「嗯……」陰沉少女低下頭，臉熱熱的，她覺得羞愧，卻也覺得開心。

因為她終於知道自己在陰界漫長歲月中，要追隨的對象是什麼人了，就是這個！就是琴！

原來，這就是戀愛的感覺啊！

琴走了幾步，當她走到莫言前，看見莫言雙眼緊閉，仍在緩緩呼吸。

當琴眉頭稍解，然後，她像是感覺到了什麼似的，慢慢側過半邊頭，長髮灑落單肩，說話了。

「你也要打？是嗎？」

「是。」不知何時，一個高大枯瘦的身影，已經站在琴的面前，他就是剛才差點將莫言置於死地的男子。

此時的他，右手朝前，左手後擺，身體蹲踞，姿勢雖然古怪，但周身卻沒有半點破綻，確實是武者姿態。

「喔。」琴慢慢轉身，正對著這五暗星中的殺手，死不透。

「在下死不透，丙等死星，隸屬古瑜伽流第四代傳人，被譽為古瑜伽流武術第一，」死不透語氣恭敬，彷彿向師者求教。「在此對武曲求戰。」

琴看著這位高瘦男子，他剃去所有頭髮，有如印度古僧，尤其是眼神清澈，姿態莊嚴，看模樣是真心求武，於是，琴嘆了一口氣，也擺出了戰鬥姿態。

「我是，嗯，琴，主星武曲，我隸屬……」琴歪著頭，「『硬幫幫』第一代幫主，在這裡接受你的求戰。」

「多謝，硬幫幫幫主。」死不透低頭道謝，「我出拳了。」

此話剛落，死不透已然悍然出擊。

他腳往前一踩，同時間右拳已經以快到無法辨別的速度，甩到了琴的鼻子前方一公分處。

好快。

琴吃了一驚，她緊急啟動電偶之力，以電能刺激肌肉，讓她變成比奧運選手還強悍百倍的運動者。

往後急仰，驚險避過這一甩。

但琴還沒能站穩腳步，忽然感到腹側一涼，竟是死不透的左拳，以刁鑽角度攻了過來。

琴見到難以迴避，她以右手在電光石火之間，輕輕按住死不透左拳拳背，借力使力，往上飄了起來。

「好。」死不透右腳上踢，有如地面飛升之火箭砲，直射向琴。

琴這幾年幾乎沒有遇過以腳為武器的對手，差點反應不過來，混亂之間，她雙手同時前推，夾著電光，硬是將右腳頂住。

但這一頂，她立刻知道不妙。

因為死不透順勢躍起，在空中轉了半圈，以左腿為武器，挾著猛烈勁風，踢出了空中迴旋踢。

這死不透以古瑜伽為基礎，全身上下身體可自由扭動，手腳更可輕易伸長縮短，在短短四招內，就用上了雙手雙腳，更把琴逼上了極限。

鬥到此刻，琴已經無路可退，她身在半空中，情勢危急，但在此刻，她卻莫名地想起了一個人。

柏。

那個拿著長矛，經常與自己一對一交手，每次都和琴邊鬥嘴邊打架的男子。

如果是柏，面對這如暴風般的左腳迴旋踢，柏會怎麼辦？

琴的腦袋還沒想出答案，身體就已經動了，她在空中優雅轉身，腳抬起，竟使出了同樣的一招，迴旋踢。

迴旋踢對上迴旋踢，雙腳同時撞擊！

「喔。」死不透眼睛圓睜，似乎訝異於琴會做出這樣的反擊。

只是琴的武藝畢竟遜了死不透一籌，這迴旋踢對決，被死不透硬是從空中踹了下去。

琴雙腳一落地，死不透右拳高舉，由上而下俯衝朝著琴打了下去。

琴落到地上，吐出長氣，手拉弓，咻的一聲，電箭射出。

電箭速度極快，死不透低哼一聲，雙手抱住雙腳，體呈球形，再次把電箭往四面八方卸去。

琴本來可以用強力的靛箭取勝，但她沒有，她只是用了藍箭減緩了死不透的速度，並且在下一刻從地上躍起，以掌反擊。

兩人在空中再次拳腳相交，死不透的古瑜伽流武術，全身上下都是武器，其中手腳可突然伸縮，關節可輕易扭轉，更讓每一招都從古怪的角度攻向琴。

而琴一開始被打得左支右絀，但透過戰鬥中她卻憶起與柏的對戰，更在招式中融入了柏所擅長的近身肉搏式，彷彿電招與風式的融合，竟一點一滴挽回頹勢，甚至到了兩百招以後，已經和死不透互有攻防，成了平手。

「過癮！」死不透不斷展現自己的武術，盡情地戰鬥著。「與您戰鬥，果然讓我回到擔任殺手之前，那純粹的武鬥時光。」

「彼此彼此。」琴透過這場純粹的武鬥，回想起與柏戰鬥的點滴，同時間，更把柏的武術再次吸收合併。

也是因為如此，琴的武術正以她自己也不知道的情形下，瘋狂地躍進著。

「不過在下體力不比武曲，」死不透露出遺憾神情，「如此全力出擊上百招，體力已經到了底，在三擊以內，我必出絕招，藉此了斷。」

「三擊以內嗎？好。」琴微笑，「好，等你。」

「這是第一招，請接。」

下一刻，死不透忽然躍起，然後在空中轉了一圈，雙手抱住雙腳，再次化成一團堅硬人體鋼球。

琴已經是第三次看到這招，也是這招連破琴的電箭，為此，琴不敢小覷，她在雙掌凝聚足量的電能。

然後，鋼球到了。

高速轉動的鋼球，化成強大無比的壓力，直壓向了琴，而琴低喝一聲，雙掌同時推出，藍色電能翻滾，硬是扛住了這鋼球的力量。

轉速和電能彼此交纏，爆發出燦爛的光芒。

「這招不錯，就是你的絕招？」電光中，琴笑。「不過要打敗我，恐怕不夠喔。」

「不。」死不透的聲音傳來，「這只是三招中的第一招。」

「第一招？所以還有下一招？」琴微微一呆，忽然間，她感覺到掌心的強大旋力停住了。

死不透的鋼球旋轉停了？琴發現，此刻自己的雙掌，正抵著死不透的背部，背部透出一股黏力，緊緊黏住琴的雙掌。

下一瞬間，第二招來了。

死不透的雙手雙腳，竟然從前往後彎折，關節全部扭轉，兵分四路，同時打向了琴。

琴的雙手仍托在死不透的背部，而且雙掌被黏死，面對敵人這雙拳雙腳的四路分攻，她幾乎沒有任何閃避的可能。

「怎麼辦？」琴腦中才剛浮現這三個字，她身體又自動反應了。「你會轉，難道我不會嗎？」

下一秒，琴左右腳快速交錯踩踏，如舞者，也如陀螺，在地板上水平轉動起來。

這一轉，產生強大的離心力，頓時讓死不透的雙手雙腳失去了準心，就算擊中了琴，也產生不了太大的破壞力。

而這一轉，同時也製造了甩力，琴試圖讓雙手從死不透的背上掙脫。

遠遠望去，只見琴和死不透兩人正如雙人舞般轉動著，殊不知此刻可是歷經了漫長上百招的武鬥後，最後分出勝負的關鍵之刻。

高速轉動中，看是死不透用雙拳雙腳把琴打成重傷，或是琴能把死不透從自己身上甩開。

兩者轉動著，如同宇宙中高速互旋互轉的雙子星，在這短暫的瞬間，誰也吞噬不了誰，誰也撼動不了誰。

直到，死不透發出大笑。

「武曲，與您一戰，甚是痛快！那請您接下我最後一擊吧。」

最後一擊，琴全神戒備，此刻死不透背部與琴雙掌相黏，手腳又正與琴的轉速纏鬥，琴猜不透，死不透還要怎麼發出最後一招？

直到，琴的電感被觸動了，而觸動的位置，竟來自上方，頭頂的位置！

琴訝異，她抬頭上看，為什麼死不透的最後一擊來自上方？

然後她看見了。

她看見了，死不透的頭。

如同鋼鐵之鎚般的頭，正由上往下，重擊而來！

「你竟然連脖子都可以往後彎啊？」琴忍不住驚嘆地笑了，但她確實已經沒有任何招式可以防禦了。

死不透這往後一仰的頭錘，極可能正面擊中琴的頭頂，輕則將她擊昏，重則甚至可能會打破她的頭顱。

琴看著這急速而來的頭錘，她知道，這絕對無法可避。

而她確實也想到柏。

如果是那小子會怎麼做？既然無可避，那就正面迎戰吧！

同時間，琴的嘴角不自覺地微微上揚，然後她將道行往上集中，聚集到了她額頭處。

電光環繞，琴沒有退卻，面對正面襲來的猛烈頭錘，琴選擇了從陽世乖女孩到陰界落難新魂，數十年來都不會做的事，那就是……

她用頭撞了回去！

勝負，就在雙方頭顱碰撞的剎那。

死不透帶著古瑜伽流百年第一好手的最後絕招氣勢，對上琴這第一次領悟「幹架」哲學的主星武曲，兩人的頭，轟然對撞。

撞擊力量很強，強到形成一股震波往外擴散，強到地面以他們為圓心形成一圈圈的裂紋，強到陸行鳥振翅往四面奔逃，也強到陰沉少女忍不住用雙手摀住嘴巴，然後小聲地說……

「加油，愛妳喔，琴！」

然後，琴與死不透，兩個人，就這樣越轉越慢，越轉越慢……直到雙雙停了下來。

頭頂著頭，動也不動。

過了一秒、兩秒、三秒……然後，有人動了，是死不透先動了。

他慢慢地，滑了下來。

翻著白眼，口吐白沫，全身虛脫地從琴的身上，滑了下來。

這一場純粹的武術肉搏，死不透徹底敗了。

「呼。」琴摸了摸額頭，不會痛，充其量應該說是有點暈暈的。「剛剛像是街頭大佬一樣幹架，感覺……還滿爽的耶。」

琴摸著頭，輕甩長髮，將頭髮理順，便朝著莫言走去。

她輕輕拍了莫言兩下，乍看平凡無奇的掌心觸碰，卻已經將此刻琴最精純的道行灌注到莫言的經脈之中。

琴此刻的道行已非等閒，加上曾被小曦以星穴治療，對陰魂經脈有些基礎，以及莫言的功夫底子原本就深厚，諸多原因之下，琴送入的電能很快就發揮了效果，莫言身體微震，睜開了眼睛。

「嗨，還好嗎？」琴看見莫言甦醒，開心地笑了。

「嗯。」莫言微微睜開眼睛，模糊間，他看見了那個長髮可愛又豪氣的容顏，向來冷靜的他一時間竟分不出現實與虛幻。「武曲姐。」

「姐？」琴一愣。

「武曲姐。」莫言呻吟了兩下，「對不起，其實，當年，是我和橫財，我們兩個，是我們……」

「你幹嘛叫我姐？啊，不是，你認錯人了。」琴按在莫言肩膀的手，微微加入了電能，要幫助莫言清醒。「你把我當成當年的武曲了嗎？」

「啊。」莫言呆住，好歹也是一代英豪神偷，他眼睛眨了兩下，已經找回了意識。

「嘿，老友，你剛剛把我認作之前的武曲了。」琴微笑地看著莫言，「醒了嗎？」

「嗯。」莫言閉上眼，深深吸了一口氣。

「等哪天我湊齊聖．黃金炒飯的材料，好好炒出一盤飯，就能解開武曲當時封鎖的所有記憶了。」琴溫柔地笑著。「到時候，你有什麼話想對我說，再來說吧。」

「嘿。」莫言搖頭，他看了看四周，忽然表情微變。「妳剛剛打敗了五暗星中的死星『死不透』和病星『病到底』？」
「對啊，我很厲害吧。」琴得意地說，「我和你說，我最後還是用頭錘喔，這種街頭幹架的方式，打起來很過癮——」
「不，不對。」莫言打斷了琴。「加上我們之前擊敗且被我關在收納袋裡的『衰過頭』和『墓好空』，才四個啊！」
「四個？又怎麼樣？」琴睜著大眼睛。
「妳覺得，五暗星有幾個？」
「當然是……五個。」琴一愣，「啊，所以還有一個！」
還有一個？
聽莫言這麼一說，琴瞬間警覺，而這份警覺，讓她的「電感」敏銳度提升了百分之三百，高達三倍的敏銳度，讓琴彷彿捕捉到了什麼……
隱約的，細微的，體積類似昆蟲，但隱匿程度卻比螞蟻移動還要細微上萬倍的一股氣體流動。
氣流快如子彈，眨眼之間，已經到了琴背後三公尺處。
「這是什麼？」琴急轉身，基於本能伸出了手掌，就要阻擋這體積似昆蟲卻無比高速的物體。
「別硬接！」莫言低喝，「用抓的！」

用抓的？琴先是一愣但基於她對莫言的信賴，隨即改掌為抓。

就在這剎那，那古怪的物體已經到了。

琴伸手要抓，但就在抓住的同時，那東西透出強大而猛烈的旋勁，如同電鑽般轉動著滾燙的扭力。

「好厲害！」琴吃了一驚，手上電能直接提升，僅次靛色的藍電光在琴掌心綻放炙烈光芒，要試圖阻擋這物體的推進。

這物體的速度雖然被琴大幅減慢，但在本體狂暴的旋勁帶動下，它仍一寸寸的往前推進。

琴的手，離自己的胸膛越來越近，也就是這旋轉的物體越來越靠近琴了，一旦碰到琴，恐怕就是開膛破胸之禍。

「停下！給我停下！」

琴低喝，同時間，她的掌心電光顏色由藍光透出靛青，只是一閃而過的靛青，琴的道行層級就跳了一階，威力也暴增了三倍。

就是這份暴增，琴的手闔上，握住了。

她握住了這物體，那狂暴的旋力，也在琴的靛色電光中，蹭蹭蹭蹭亂響，頓時被消磨殆盡。

琴的掌心發燙，她手掌翻轉，打開掌心一看。

「這是？」琴訝異，「是子彈？形狀好特殊的子彈！」

她的掌心，正躺著一發子彈，只是這子彈形狀頗為古怪，其長度約五公分，頭部尖銳，色呈墨黑，然後有著像是昆蟲翅膀的螺旋槳尾翼，就算已經被琴抓在手心，尾翼仍微微顫動著。

很難想像，這小小的東西，剛剛竟發出如此強大旋勁和破壞力。

「莫言，這子彈看起來尖頭有毒耶，幸好剛剛沒有用擋的，而是用抓的，不然我的掌心就怕多一個血洞了。」琴吐了吐舌頭。

「對方是五暗星中最強一星，絕了情。」莫言語氣沉著，「看來他擅長遠攻射擊，剛剛他那一發子彈的威力很強，所以應該不能同時多發齊射，但妳仍要小心，他下一發隨時會來。」

「嗯。」琴回想剛剛抓下這吹箭的瞬間，還是心有餘悸。「不過，對方是遠攻，我又不知道他位置，我該怎麼打他啊？」

「妳真的不知道？」莫言定定地看著琴，嘴角揚起冷笑。

「你的表情感覺很不屑耶，快點告訴我啦！」琴跺腳。

「這百年來，整個陰界，最厲害的遠距離高手，妳覺得會是誰呢？」

「這百年來？」琴一愣，「一定是十四主星之一，不過誰是最厲害的遠距高手？地藏？還是天相？」

「妳還想不出來嗎？十四主星中，唯一一個拿著遠距離神兵的人是誰？妳還猜不出來？」

「唯一一個拿著遠距離神兵的主星是……」琴低下頭，看見自己的左手手腕上，那弓形刺青正微微閃爍金色光芒。「是我，武曲。」

正是武曲。

正是我。

我，就是十四主星中的遠距離攻擊手。

「所以，」莫言看著琴，「如果有一個人膽大妄為的用遠距離武器來對付武曲，會發生什麼事？」

「會發生什麼事嗎？」琴看著自己的左手手腕，電光閃爍，一條彎曲強韌的弧形應運而生。

「嘿，妳覺得呢？」

同時間，琴心念一動，她又感覺到「子彈」又來了。

夾著高速與旋勁，再次闖入了琴的感知領域，再次試圖以遠距離方式刺殺琴。

「武曲的話，會讓他知道，誰才是最強的遠距離攻擊手，是嗎？」琴慢慢微笑。

她這次不再嘗試抓箭，她眼神專注，動作俐落，左手抓住雷弦，腰際挺直，目光注視著高速轉動而來的吹箭。

右手拉住弦，拉開，直到緊繃。

一把電箭，閃爍著光芒，在她的雷弦上應運而生。

這把箭，一開始為紅，然後橙、黃、綠、藍……直到綻放出靛青色為止，成為一支通體純淨，型態簡約，美麗且低調的靛色之箭。

子彈，已經來到琴面前一公尺處。

子彈高速轉動引發強烈的風勁，吹箭尖端淬著黑色的冷光，無聲無息有如深海水雷，這肯定也是敵人最強一擊。

「喔，所以你也想在這一發子彈中分出勝負？」琴一笑，「那我就成全你吧。」琴小虎牙露出，笑得可愛。

然後，她的右手指尖，鬆開了。

這支通體為靛色，色澤低調但卻是琴至今最強一箭，就這樣離弓而出。看似緩慢，實則快到驚心動魄，眨眼間，就來到了吹箭之前。錚。

這一剎那，靛色之箭的尖端，精準的，完美的，正中子彈的尖頭處。

箭與子彈，就這樣在半空中，頭頂著頭，驚險而短暫的停住。

這是多微妙的平衡，一支靛色之箭，一顆急旋的子彈，就這樣停在空中，維持了一秒、兩秒、三秒……然後，開始動了，靛色之箭開始動了。

它開始往前，一點一滴的加速，越來越快，越來越猛，把子彈往後推去，不只推而已，竟然還順著子彈飛行的軌跡，不斷往前衝去。

「要知道一個狙擊手確切位置最好的方法……」琴慢慢放下了雷弦，眼神充滿自信。「就是順著狙擊手自己發射的子彈回去，不是嗎？」

順著狙擊手的子彈回去？

靛色之箭竟然就這樣在沒有破壞掉子彈任何結構的狀態下，不斷推著子彈，順著子彈來時的軌跡，消失在琴的面前。

「一、二、三……」琴輕聲數著，「到了。」

這聲到了之後，遠處的山邊，忽然傳來一陣隱隱震動，彷彿某種巨大力量瞬間釋放，把某種物體或某人徹底摧毀，隨即，又安靜了下來。

「嗯，贏了喔。」琴睜開眼，手上的雷弦無聲的縮小，縮回了琴的左手刺青。

「感覺怎麼樣？」莫言看著琴，「這就是武曲的戰法。」

「真的……不賴。」琴看著自己的雙手。「武曲的戰法。」

琴有種奇妙的感覺，剛剛她為了救莫言，可以說是連戰了三名五暗星，對「病星」病到底的陰沉少女，琴用的是技「電」的應用，她操縱電能巧妙地破壞了對方的手機大陣。

對付「死星」死不透的古瑜伽流，琴以武術融合記憶中柏的戰法取勝，最後更用上街頭幹架的頭錘對撞。

最後，面對始終沒有露面的「絕星」絕了情的狙擊子彈，透過莫言的提示，琴完成了當年武曲最拿手的戰法，以遠破遠，以箭穿槍，再現陰界第一遠距攻擊手的手段。

這感覺，還真的不賴，是嗎？

「歡迎你來到，陰界的戰鬥世界啊。」莫言微笑，「啊，不過妳打完了架，有些人情債要還，這點真的和武曲很像。」

「人情債？」琴發現，面前突然出現了一個女孩，女孩甚至跪了下來。

這女孩留著遮住半邊臉的短髮，臉色黯淡，手握著僅存的最後一支手機，她就是陰沉少女病到底。

「怎麼？幹嘛跪啊？」琴訝異，問道。

「武曲，我……我代表我們五暗星，想求妳和妳的朋友。」陰沉少女低頭，「請釋放我們另外兩個同伴，衰星和墓星。」

「啊？」琴看向莫言，莫言聳肩，比了比口袋，裡面有個收納袋，確實還關著當時在火車上暗算琴的衰星衰到底與墓星墓好空。「莫言，我們一直抓著他們？」

「是啊，他們還被我關著。」莫言淡然一笑，「暫時還沒想到怎麼處置他們。」

「是的。」病星陰沉少女低著頭。「我們五暗星感情甚好，因為我們都是流浪的孤苦陰魂，為了討生活加入政府，我希望你們能高抬貴手，放了我的伙伴。」

「放掉伙伴……」琴看著陰沉少女，又抬頭看著莫言。

莫言只是微笑，似乎不想發表任何意見，這剎那琴懂了，莫言沒說出口的是……此刻是妳的黑幫，是妳的天下，他不作任何置喙。

當琴懂了莫言的弦外之音，她點頭。

「放了他們吧，莫言。」琴說，「讓他們五個兄弟姐妹，團聚吧。」

「好，」莫言一笑。「妳是幫主，就聽妳的。」

只見他手往前一丟，手心的收納袋飛起，在空中緩緩滾動，然後到達最高點，啵的一聲，收納袋碎開。

兩個人物，就這樣從收納袋中滾落下來。

一個是留著長髮的少年，他就是衰星「衰過頭」，擁有在百大陰獸中排行八十九的「萬壽無疆長尾蠍」劇毒，這毒液曾讓莫言和琴吃了不少苦頭。

還有一個身形矮小，全身籠罩在一片紫霧中的男子，他就是當時躲在座椅之下，讓火車上所有人變成人質的墓星「墓好空」。

這兩人落在地上，先是左右看了一下，似乎搞不清楚自己究竟在哪？隨即發現了陰沉少女，立刻失聲叫道：「五妹。」

「二哥、三哥，你們出來了。」陰沉少女笑著，「你們趕快謝謝武曲和神偷，是他們放了你們。」

「啊？」衰星和墓星回頭發現了琴和莫言，他們露出驚恐神情，遲遲沒有說話。

「放心。」琴淡然一笑，「我沒要殺你們，你們快走吧。」

「走？」衰星兩人互望一眼，卻遲遲沒有動作。

「對啊，我本來就不愛殺人。」琴說，「而且病星還替你們求情，快走吧，下次再來殺我們，我們可就不客氣嘍。」

「嗯，謝、謝謝不殺之恩。」衰星終於相信琴是想放了他們，他低頭鞠躬幾下，攙扶起墓星，就要離開。

不過，當他們走過陰沉少女身邊時，卻聽到陰沉少女拉住了兩人。

「等等，二哥、三哥，先別走。而且我不走。」

「妳不走？」琴訝異。

「我要留下來。」陰沉少女的目光看向了琴，眼神滿是愛慕。「因為我找到了今生最愛。」

「啊，今生最愛？等等……」

「嘻嘻，我只是想跟在妳身邊，而且我也聽說了……」陰沉少女甜甜地說著，「武曲姐姐，妳要組黑幫對嗎？那個黑幫叫做硬幫幫？」

「等等，妳何時偷聽到的？」

「我是資訊狂啊，」陰沉少女微笑舉手，「而且我不只偷聽到而已，我要報名！」

「等等，我還要想一下。」面對第一次有人熱情要參加自己的黑幫，琴反而慌了手腳。「應該有遴選的……」

「好！有遴選規則嗎？什麼都可以都來吧，我一定會全部通過的！」陰沉少女開心地說，「我畢竟是丙等星呢！怎麼可能難得倒我呢！」

「這，」琴困擾地歪著頭，她也不討厭陰沉少女，但現在就決定會不會太快了啊？「不然妳先等一下，等我想到遴選方式……」

只是琴還沒說完，陰沉少女就轉頭對衰星和墓星說：「二哥、三哥，你們有聽到嗎？武曲姐姐要組黑幫，你們也不要回去那個既剝削又討厭人的混蛋政府了，一起加入硬幫幫的遴選吧。」

「欸……」琴正要伸手阻止，同時間，她也看見了衰星和墓星的眼神。

那確實是期盼的眼神。

那是飽受欺壓的弱者，期盼一絲光明的眼神。

因為這眼神，讓琴把接下來想說的話，給嚥了回去。

「我，希望加入。」衰星咬了咬下唇，他轉頭看向一旁籠罩著紫色毒氣的墓星。

「三弟，你覺得呢？」

「我，想跟你，二哥，我也想，加入。」墓星墓好空的聲音又細又低，有如空氣嘶嘶聲，雖是如此，他想表達的意向仍非常的明確。

「太好了！二哥、三哥。」陰沉少女開心地拍手，「那就剩大哥和四哥了。」

「我也加入。」一個聲音傳來，他正是剛剛以古瑜伽流與琴激戰的男子，死星死不透，他也從昏迷中甦醒了。「人會說謊，但武術不會，與武曲這一戰讓我明白，武曲的武術正直且純真，其中更充滿創意，是可以追隨一生的對象。」

「追隨一生？」琴搖著手，「太過頭了啦，我哪有什麼純真正直充滿創意？」

莫言在旁邊嘿嘿笑著，「純真的意思，大概就是妳笨笨的吧，沒想到可以從武術來看人？還挺準的啊。」

琴伸腳對莫言踩了一下，「臭莫言。」

而另一頭，陰沉少女聽到死星這樣說，更加開心了。「太好了，四哥。只剩大哥……」

「大哥專攻遠距暗殺，從不以真面目示人，就連我都只見過他三次。」死星說，「就怕他不肯投向黑幫……」

「你還有見過三次？我只見過大哥兩次耶。」病星陰沉少女叫著，「不過我們得想想辦法，我們五暗星不可以分開啊。」

但就在病星陰沉少女擔心之際，忽然眼前草叢一陣晃動，一個人影出現了。此人外型又高又帥，肩膀扛著長槍，戴著一頂牛仔帽，面孔有著歐洲血統，笑容更帶著一絲讓女孩心醉的邪氣。

「大哥！」死星、陰沉少女、衰星與墓星同時大叫。

「同為遠距離攻擊手，剛剛那一箭，讓我心服口服。」他對著琴單膝跪地，態度恭謹。「請讓我五人加入硬幫幫。」

琴看著此人，忍不住想，這人明明長得很帥，幹嘛老是喜歡躲在遠處搞狙擊？算了算了，每個人都有自己的癖好。

這五位可是具有星格的丙等星，加上每位都是實戰經驗豐富的頂尖殺手，加入硬幫幫後肯定會大幅提升硬幫幫的戰力。

但，要怎麼入幫呢？總要訂個規矩吧？

「咳咳，入幫前，我得和你們訂個規矩。」琴雙手扠腰，試圖用她可愛的外表，裝出威嚴的樣子。

「幫主請說。」

「首先，嚴禁隨意殺人。」琴說，「你們過往以殺人為生，但進入硬幫幫之後，我們幫以城市運送為主，和殺人生意完全沒關係，可以嗎？」

五暗星互望一眼，同時對著琴低頭鞠躬。

「謹奉幫主命令。」老大說，「從此，我們不隨意殺人。」

「可以。」琴鬆了一口氣，「那接下來我要頒布遴選規則嘍。」

「請說。」

「我們硬幫幫主要就是城市運輸嘛，所以呢運輸工具很重要，你們知道這裡專產什麼嗎？」琴的手比著眼前這大片草原。

「陸行鳥嗎？」五暗星同時看向草原，此刻他們的速度不夠快，自然看不到滿草原的陸行鳥，但以他們道行，自然知道此處是陸行鳥巢穴。

「對。」琴伸手，摸著剛剛才馴服的陸行鳥之王，阿勝。「也就是說，遴選規則就是……」

「就是？」

「在完全不殺傷的情況下，收服一隻專屬於自己的陸行鳥。」琴微笑著，「就是加入硬幫幫的規則。」

在完全不殺傷的情況下，收服一隻專屬於自己的陸行鳥，就是加入硬幫幫的規則。

「遵命幫主！」

下一秒，五個人大喊，跟著一躍而起，朝著草原奔去。

追捕陸行鳥嘍！抓到了，就成功入幫啦！

琴和莫言找了一塊樹蔭處坐下。

「妳運氣不錯，黑幫剛成立就收了五暗星。」莫言傷勢並未完全復原，他斜躺在樹下，看著草原上追陸行鳥追得東倒西歪的五人。「對付乙級星高手他們也許不行，但對付一般的政府殺手，他們綽綽有餘。」

「是嗎？他們只是開始喔。」

老大絕星擅長遠距離攻擊，自然也擁有最高明的潛伏能力，所以他已經逼近了一隻陸行鳥，而這隻陸行鳥和老大一樣，有著一頂帥氣的西部牛仔帽。

「喔，接下來妳想做啥？」

老二是衰星，以詭計和劇毒為主，因為不能下手毒殺陸行鳥，所以體力不佳的他，追得是氣喘吁吁，而他挑的陸行鳥，頭上的帽子很像長髮，還幾乎蓋住了眼睛，就像是衰星的鳥版兄弟。

「莫言，我想玩大一點。」琴說。

老三是墓星，他全身都是紫色毒霧，原本以為他和衰星一樣是缺乏運動類型，沒想到他把形體化成紫霧，速度反而快得驚人。

不一會，紫色毒霧已經纏上了一隻陸行鳥，一人一鳥在草原上並行奔馳著，看樣子到手已經是遲早的事情。

值得一提的是，這隻陸行鳥的帽子像極了一顆超大的紫色爆炸頭，和墓星全身的紫霧相互輝映。

「琴，妳想玩大？多大？」莫言看著琴。

老四是死星，最擅長古瑜伽流武術，他就憑著自己傲人的體力，追上了一隻和他外型頗為相符的陸行鳥，這陸行鳥帽子是一顆圓球，遠看有如光頭，而且雙腿肌肉糾結，鳥臉兇惡，一看就覺得和死星是天造地設的一對。

只是死星的體力很好，他看上的陸行鳥體力似乎不遑多讓，一人一鳥就這樣在遼闊草原展開追逐，精采且刺激。

「我啊。」琴起身，伸了一個大大的懶腰。「打算讓整個陰界都知道硬幫幫。」

老五是病星陰沉少女，她也不是運動型的高手，但她邊跑邊拿著手機，手機裡面還播放著鳥叫聲，有一隻陸行鳥就這樣被手機裡的鳥叫聲所吸引，放緩了腳步，想看手機裡播的是什麼？陰沉少女趁機伸手，抱住了這隻陸行鳥的脖子。

這隻陸行鳥沒有戴帽子，但卻戴著一副厚厚的眼鏡，也是一副手機成癮的陰沉模樣，難怪會被手機聲音所吸引。

「讓整個陰界都知道硬幫幫？」莫言眼睛睜大。

「我要號召天下！」琴眼睛綻放光芒，「開始史上最大規模的，黑幫面試！」

號召天下，硬幫幫面試，正式啟動！

「喔。」莫言看著琴，久久沒有再說話。

而他墨鏡下的眼睛，深沉的，懷念的，想起了一個人。

武曲。

妳傲視陰界的光輝歲月，又要重新降臨了嗎？

第七章・偷夢賊的晚安曲

陽世。

關於小靜的這首〈給琴〉，社群網路在少數人帶風向的狀態下，負評不斷激增，咒罵，訕笑，攻擊，將原本一首震撼人心的好歌，批評得一文不值。

而小風卻依然冷靜，她在等待，等到秒針從五十九變成零，時針從九變成十的這一瞬間。

系統，放出了〈給琴〉的後十五句歌詞！

她相信小靜歌聲的力量。

那些行銷手段，那些帶風向的惡意，那些躲在惡夢中操縱一切的混蛋，最終都還是取決於，歌聲的力量。

小風相信小靜的歌聲，因為她相信自己的耳朵，還有當時琴對小靜歌聲的期待。

十點整，十五句歌詞伴隨著狂增的下載數，如巨浪般衝了出來。

一分鐘，下載數突破七萬。

五分鐘，下載數衝破十三萬。

二十分鐘，下載數到達十八萬。

在二十四分鐘的時候，正式突破前面八句歌詞的紀錄，到達二十萬。

然後，整整一個小時後，完成了雙倍的壯舉。

社群網路更隨之瘋狂，正反兩方力量猛烈激戰。

『好好聽，我聽到整首歌的架構了！』

『快發專輯！單曲也好！什麼都好！我一定要買！我媽聽了也說要買！』

『我爸也說要買！』

『我弟也說要買！』

『我們全家都要買！』

同時間，反面的聲音也在媒體的聲音中擾動著。

『沒技巧！就只是在飆歌而已！哪裡感動？』

『天啊，這是什麼歌？我聽了二十遍都不覺得好聽。啥，你問我為什麼連聽二十遍，就是停不下來啊！不知不覺就聽了二十遍啊。』

『我女朋友也說超難聽！什麼，你說我沒有女朋友，一切都是我的想像？放屁。』

正反雙方的激辯，在十五句歌詞被放出後一小時，慢慢分出了勝負，真如小風所言，最後的決勝點會是在小靜的歌聲，無論多巧妙的惡意，終究比不上歌聲本身所給予的影響。

到了深夜將近十二點，正面評價逐漸壓倒負面評價，而就在此時——

小風再度在網頁貼上下次的預告。

「明日同一時間，晚上十點，我們將放出全部歌詞，而且將給各位一個驚喜！」

消息一出，正反兩股力量再次掀起高潮，互相擠壓，創造了許多社群網路上音樂討論版的紀錄。

許許多多翻唱、改編，甚至翻譯成其他語言的創作，更如雨後春筍般冒出，他們都在等待……

一首完整的〈給琴〉，以及所謂的驚喜，到底為何？

而小風呢，她再次關上螢幕，她對網路上的喧喧擾擾可沒太大興趣，她回頭對小靜一笑。「又到了晚上，換他們出招了。」

夜晚，夢境中。

偷夢賊再次行動，這次他馬不停蹄疲於奔命，一邊咒罵擺渡人。

「上次要對一千人下咒，這次兩千人，你當老子是鐵打的身軀嗎？整個晚上都不用尿尿是不是？」

鬧鐘那頭，傳來擺渡人的聲音。「鈴鈴！沒辦法啊，誰叫聽眾的人數倍增了，別擔心，他們這種行銷方式持續不了多久的，明天就必須放出全部的歌了！」

「最好是！」

「而且我還有絕招。」

「絕招？」

「當然，要擊潰小靜的心靈，除了透過廣大的社群製造壓力，還有找到能夠對小靜一擊必殺的角色啊。」

第二天當小風打開電腦，映入她眼中的，是如同昨天正反的網路激戰，只是規模大了一倍，不，三倍不止。

甚至有人在網路開了賭盤，想知道這首〈給琴〉到底會不會紅起來，還是成為千萬網路曾經出現的泡泡，稍縱即逝。

而小風與小靜卻沒有花太多時間去關注網路，他們正在奮力準備晚上十點的「驚喜」。

小靜再次進入錄音室，開始反覆地練唱這首歌。

就在她唱到下午時分，一個人來了，帶著兩杯熱拿鐵咖啡和滿滿的關心，來探望她的老朋友、室友、戰友，甚至可以說是曾經最強的對手。

「蓉蓉！」小靜一看到那個人，開心地尖叫。「哇，妳怎麼來了，妳最近新專輯再做宣傳，不是很忙嗎？」

「我和經紀人說，再忙都要排開行程！我要替妳加油！」蓉蓉開心地抱住小靜，「最近那首〈給琴〉在網路上好紅喔！好替妳開心。」

「都是小風的功勞啦，她花了好多力氣幫我。」

「真的喔，小風學姐謝謝。」蓉蓉記得上次她昏迷事件，小風學姐也幫了大忙。

「這次我們的對手，也許又是另一個世界的混蛋。」小風微笑，「所以打法不能循常規來啊。」

「喔又是他們？」蓉蓉想起自己昏迷時的夢境，至今仍不由得打了冷顫。「那個世界，那個世界的那些鬼嗎？」

「嗯。後來我和小風學姐又作了一個夢，有一個叫做偷夢賊的傢伙，差點害死我們！」

「偷夢賊？」蓉蓉握著小靜的手，「妳怎麼沒跟我說？我們去找命理老師幫忙？」

「找過了啊，命理老師一開始信誓旦旦說沒問題。」小靜搖頭，「然後過了一個晚上，作了夢之後，就畏畏縮縮地說，法力不夠，不該隨意涉入陰陽之事，說著說著還哭出來說自己只是討口飯吃，不要逼他。」

「那找其他的命理老師呢？」

「連找了三、四個都一樣啊。」小靜臉上平靜，說是無奈，不如說是已經習以為常。「當場哭的兩個，失蹤不聯絡的一個，從此金盆洗手的是最後一個。」

「啊好慘。」蓉蓉聽得是目瞪口呆。

「對啊。」小風微笑，「沒關係，我們靠自己搞定，我可是小風呢。」

「對啊，妳可是小風呢！妳們真的快要成功了，好替妳們開心。」蓉蓉笑，「而且我還帶來了阿山、臭屁王，和其他所有朋友的祝福，我們都有下載妳的歌喔，他們因為工作不能過來，尤其是臭屁王，他人在韓國，一直吵著要搭飛機回來呢。」

「呵呵，你們好可愛，謝謝。」小靜感動得握著蓉蓉的手，「幸好有妳支持，不然……我真的不知道怎麼辦。」

「我一定會支持妳到底的，說好了喔，我才是妳第一號粉絲！第一號是我的，別人不能搶。」

「嗯！」

「那我……咦？」蓉蓉才要說話，忽然發現腳邊癢癢的，一低頭。「啊，有貓，是小虎？」

「小虎！」看見小虎，小靜也嚇了一跳。「好久沒看到你了，你跑到哪去了，還有，你怎麼進到錄音間外面的？」

「喵。」

小虎當然不會回答，牠只是蹭完了蓉蓉，又慢條斯理地走到小靜的腳邊，蹭了幾下。

「好難得，你會撒嬌耶。」小靜蹲下來，很開心地撫弄著小虎的毛，小虎也享受地仰起脖子，接受著小靜的疼愛。

「我怎麼覺得牠不像撒嬌，牠像要妳服侍他？算了算了，我不懂貓奴的心。」蓉蓉笑著用拇指和食指比出了小愛心。「我要去趕行程了，小靜加油！別忘了，我是妳第一號粉絲！」

「嗯，我知道。」小靜抬頭，眼睛笑瞇了。「謝謝妳，蓉蓉。」

就在蓉蓉轉身離開之際，卻見小虎的頭微抬，看著蓉蓉的背影，貓眼中透著一絲冷冽。

於是，小靜在小風的全力操盤與蓉蓉等朋友的祝福下，迎向了晚上十點。

只是，十點一到，當網頁跳出新的畫面，卻不是新的下載載點。

而是一個影像網址。

當等待已久的聽眾竊竊私語，懷疑主辦單位不守信用之際，他們看到了影像網址下方的一行介紹。

「我們會遵守承諾讓各位聽到完整歌曲，但不是錄音，而是直播演唱，這就是今晚的驚喜，請各位連上網址。」

直播！

所有的聽眾先是一愣，然後立刻點下網址，更讓網址不斷往外轉發，要和更多的人分享這個「驚喜」。

因為，這一晚不只可以聽到完整的〈給琴〉，甚至可以聽到現場演唱，甚至是看到歌手本人，這不就是所有謎團一併解開的概念嗎？

當直播影像出現了小靜，底下的留言頓時低語起來。

『這歌手看起來好眼熟……好像在哪看過？』

『是不是在某個歌唱比賽看過她？』

『對對對那個很紅的歌唱比賽啊，我超喜歡第一名蓉蓉的！還有第三名阿山和第四名臭屁王……對了她是第二名，她叫什麼名字？』

『她真的是〈給琴〉的演唱者嗎？臉是長得滿漂亮的啦，但完全沒有歌曲站在海浪頂端的那種霸氣啊。』

『會不會是造假？』

『會不會……』

不過這些騷動，卻都在小靜握住麥克風，眼睛閉上，嘴唇輕啟的那一瞬間。

就是這一瞬間。

全部都安靜下來。

安靜的，穿著潛水衣的少女，走過微燙的沙灘，右手拿著一面巨大的衝浪板。

她走向了大海。

海浪翻騰，陽光明媚，海面一片點點金黃。

少女凝視著海，微笑，開始邁步奔跑。

越跑越快，纖細的腳踏在沙地，揚起一蓬蓬的細沙。

海浪翻滾，有如跳舞。

而當少女雙手拿著衝浪板，趴上了海浪，並隨著浪開始左右搖擺，她的身邊不知何時多了一個身影。

高壯精實笑容陽光皮膚黝黑的男子，在海浪中與少女共游，兩人眼神交錯，熟悉的默契無聲交流。

大浪來了，兩人一起躍上了衝浪板，順著海潮直直往上，對著滿是陽光的藍色天空而去。

而當他們快到浪頂，才發現原來有人快了一步，已然在藍天的大浪上。

在陽光下，這人有如剪影般漆黑。

她有著一頭飄揚的長髮，身材高䠷纖細，昂然在海浪峰頂，她轉過頭，對少女和男子微笑。

笑容中，露出小小甜甜的虎牙，那是何等美麗迷人帥氣的笑容。

琴學姐。

這是給妳的歌。

〈給琴〉

五十句歌詞，從期望、激昂、浪漫、刺激，到最後甜美深刻的思念。

當直播節目上，小靜唱出了最後一句歌詞，眼睛仍閉著，輕輕地用鼻音哼著最後的旋律。

啦啦啦，啦啦啦啦啦，啦啦啦啦啦……

直播人數，悄然地，突破了五十萬。

然後消失了，完全消失了，一點都不剩了，那個名為「負評」的惡意。

就像是大片海浪沖過的海灘，所有的污濁與骯髒，都一口氣清洗乾淨了。

底下的留言版，久久未有人留言，他們不說話，這次不是因為冷漠，也不是因為驚訝，而是因為滿足。

完整聽到一首歌的巨大滿足。

跑了一日業務疲倦的上班族，上了整天課程困頓的學生，在情感中跌撞的男女，渴望戀情而不可得的人們，擺了整天小吃肌肉痠痛的老闆，開著計程車凝視夜空的司機……他們都在這一刻感到滿足。

因為他們都想到了自己心中的，琴。

而他們也都在歌中找到了她。

好評，已到六十萬。

而負評呢，完美無缺的數字，零。

「呼。」小風一人坐在錄音室外，她獨自聽完這首歌，不斷地用衛生紙擦著眼淚，自傲的她只有獨自一人時，才能哭得這麼痛快。「琴啊，妳真的有一個很棒的學妹，真的把想念妳的感覺，全部唱出來了，糟糕，我怎麼一直掉眼淚，真討厭，我可是小風哩。」

不過，小風哭著哭著，眉頭卻微微皺起。

心臟，又開始收緊了。

最近頻率是不是又更高了？

心臟，彷彿在催促著什麼，告訴著小風，它會停止跳動，在未來的某一天。

「嘿，琴啊，如果哪天我心臟突然停了。」小風忽然笑了，笑得瀟灑。「我是不是就可以去陰界找妳了呢？」

不過，聽著這一切的，可不只是陽世的聽眾而已……

陰界中，兩個身影，冷冷地看著這一切。

「不行了。」偷夢賊看著身旁，全身正冒著冰冷怒氣的男子。「六十萬，又全部被老大的歌聲洗滌過，不行了，是吧，擺渡人？」

「還有，最後一招，」擺渡人咬著牙，一字一句。「還有最後一招。」

「啊，你說那個人？」偷夢賊看著擺渡人。

「對，夢貘專心守護著老大和小風的夢，一定沒有守護到那人。」擺渡人眼神無比陰沉，「就讓她作惡夢，用上那顆果子吧！」

「嘿嘿，用上最惡毒的惡夢果子？」偷夢賊忽然笑了。「那可是會讓人醒來時精神崩潰，陷入癲狂，甚至永遠無法復原的稀有果子呢。」

「當然。」擺渡人獰笑，「今晚，盡情去夢中作亂吧！」

「沒問題，今晚就讓我去支持者一號……」偷夢賊也冷笑，「蓉蓉的夢裡吧。」

夜晚，十二點十五分。

經歷了驚喜而熱鬧的夜晚，蓉蓉和小靜小小聊天之後，各自回到自己的房間睡覺。

蓉蓉心情非常好，因為她就像是廣大的聽眾一般，從小靜的歌聲中得到難以言喻的滿足，然後躺到了床上，拉起棉被，舒舒服服地進入了夢鄉。

但，就在她酣然入夢之際，一個人影卻悄悄地在她夢境中出現。

這人影身形矮小，全身黑衣，戴著黑色眼罩，還揹著一個超大的黑袋子。

他來到蓉蓉的床邊，由上而下低頭看著蓉蓉，嘴角露出邪惡的笑。

「嗨，蓉蓉。」

蓉蓉睜開眼睛，看見那人影，她發出啊的一聲。

「別怕，妳還沒醒，妳還在夢裡。」那人影詭笑著，「妳好，我是偷夢賊。」

「偷、偷夢賊？」

「我來自陰界，專門潛入陽世人的夢境。」偷夢賊說著，「為什麼要潛入妳的夢境呢？我告訴妳，因為小靜是我家老大。」

「小靜？老大？」蓉蓉感到莫名其妙。

「是的，這故事說來複雜，不用千言萬語說不清楚，但簡單一句呢。」偷夢賊一邊說著，一邊從背後的袋子拿出了一個物品。「就是我們希望小靜能選擇死亡。」

「啊！你們要殺了小靜？」

「不，我們要讓她受盡打擊而自己選擇死亡。」偷夢賊手上的東西，是一顆如蘋果的物體。

但這顆蘋果是古怪的黑色，而且不知道被誰咬了一口，被咬處則不斷流淌著有如瀝青般的濃濁液體，一滴一滴往下流去，偷夢賊似乎也害怕碰到那些液體，用一塊布小心翼翼地包著。

而蓉蓉光是看到這蘋果，就渾身不舒服，她甚至有想要放聲尖叫的衝動。

「為什麼？為什麼要對小靜做這麼過分的事？」

「妳說，我們對老大做的事情過分？妳弄錯了喔，蓉蓉。」偷夢賊揚起笑，「我們要做過分的事情的對象，可是妳喔。」

「我？」

「然後，妳會被惡夢所控制，然後把小靜所相信的一切……」偷夢賊把蘋果靠近了蓉蓉的臉，蓉蓉感到完全無法動彈。「全部毀掉！」

「不要不要不要。」蓉蓉痛哭尖叫，她看著那流膿的黑色蘋果，正不斷靠近自己的臉，而自己的嘴巴，竟然無法控制地慢慢張開。

她會咬下去。

咬下一口這可怕恐怖噁心的東西。

「變成惡夢之奴吧。」偷夢賊大笑著，「妳這第一號粉絲！」

蓉蓉閉著眼，眼淚不斷流下，她無法控制地將自己嘴巴張到最大，就要咬下前方的黑蘋果時……忽然，她感到奇怪，因為她聽到了一個聲音。

一個突兀，不該在此時此刻出現的聲音。

這是動物的叫聲，而且今天下午她在小靜的錄音室才曾經聽過，當時小靜還露出驚喜的表情說：「這段時間你跑到哪去了？我都找不到你。」

是的，那個「你」，所發出的動物聲音。

忽然間，神奇的、古怪的，在蓉蓉的夢境中出現。

那聲音是……

喵。

喵。

喵。

喵。

蓉蓉睜開了眼睛，她看見了偷夢賊。

不，正確來說，是偷夢賊轉身狂逃不斷尖叫的背影。

但蓉蓉卻只看到偷夢賊背影短短的一秒鐘。

因為下一秒鐘。

偷夢賊的左手就掉了下來。

然後右手也掉了下來。

接著左腳切齊斷口被往一旁猛甩開。

右腳在空中扭轉十幾圈後被扔到一旁。

最後，偷夢賊身體僅存的部分砰一聲掉在地上。

而且，他人生最後一句話是這樣喊的：「為什麼？為什麼十二大陰獸中最兇猛的夜影虎會出現在這裡！擺渡人，告訴我！擺渡人你告訴我啊！」

下一瞬間，偷夢賊就這樣沒了。

被一隻大貓嘴張口吞了。

蓉蓉看著眼前這隻大貓的背影，她不害怕，反而鬆了一口氣，輕輕喊著：「小虎？

是你嗎？」

眼前的大貓，眨眼間恢復了原本的尺寸。

牠雙目與蓉蓉對視，那向來驕傲的貓眼，此刻似乎在微笑。

然後，牠一個轉身縱躍，跳入了一圈黑暗中，從此消失不見。

夢中，恢復了平靜。

而蓉蓉躺回了床上，她餘悸猶存，卻又因為小虎的出現而感到寬心踏實。「謝謝你，小虎，晚安。」

晚安。

尾聲

他坐在這裡，沉思著。

他不是沒有聽過這個地方，但他以為這是從陰界魂魄死亡才會到的地方，他又沒死，怎麼會在這裡？

他扶了扶墨鏡，摸了摸光頭，帥氣但帶著些許邪氣的笑容，看著桌上的麵包。麵包旁一張小紙籤如此寫著，「萊恩麵包店」。

「我怎麼會在這裡呢嘿？」他吐出一口氣，無聊的變出了一個收納袋，然後手指靈巧翻動，打了三個花結，又是一個手指翻動，又綁成十二個花結。

「嗨，我叫萊恩。」這時，門被推開，一個身材高挺，笑容可掬的中年男子走了進來。「喜歡我們家的麵包嗎？我推薦一下，我們家的麵包師傅可是以鑄劍師魂魄在打造每塊麵包，有各種兵器造型，建議客人隨身帶上幾塊麵包，既美味又可防身，一舉兩得。」

「呃，弄錯了吧，這根本就不是兵器形狀的麵包吧？這是麵包形狀的兵器吧？」光頭墨鏡男子拿起麵包，仔細端詳。「這殺氣，這道行，根本直逼十大神兵啊。」

「好啦，你一定不懂，為什麼你會來這裡吧？」萊恩微笑。「我來解釋一下，因為你差點死掉啊，『群龍出穴』這一招，本來打出來命就去了九成，加上又被三大高手圍攻，你沒死翹翹根本就是作者親自開外掛，對吧，莫言？」

莫言？

這光頭男子竟是莫言，他搔了搔下巴。「好像這麼說也沒錯。」

「不過，會找你來，其實是為了解答讀者的問題。」

「啊？讀者問題？」

「第一題，來自彰化D同學，他問早期你說話後面會加上『嘿』，為什麼後來就變少了？」

「我早期說話會加上嘿嗎？」莫言想了一下，「我覺得可能長年和琴一起旅行，把自己的發音矯正了吧，又或者更大的可能是……」

「是什麼？」

「作者忘了吧。」莫言露出邪惡微笑，「這作者記性不太好，可能寫寫就忘了，對了我有點懷疑，這彰化D同學，怎麼和作者的開頭字母有點像……」

「咳咳，不可以懷疑讀者身分，這是嚴格禁止的，好，那我問第二題，這是來自花蓮的Joann小姐，她說你長年戴著墨鏡，她很好奇，你到底是雙眼皮還是單眼皮呢？可以拿下墨鏡讓大家知道一下嗎？」

「她想要我拿下墨鏡？確定？」

「是的。」

「那我就……」莫言笑了，「拿下墨鏡。」

而當莫言拿下墨鏡的剎那，萊恩的表情驟變。

「怎麼樣？」

「您、您、您還是戴上墨鏡好了。」萊恩聲音微微顫抖著。

「嗯。」莫言瀟灑地把墨鏡戴上，「懂了吧，我為什麼要戴墨鏡了吧。」

「懂了懂了，若您不戴墨鏡，這水汪汪，啊不，這對眼睛確實可能造成形象錯亂。」萊恩吞了一下口水，「下一題，是來自台北的 Molly 小妹妹，她想問，您是何時開始禿頭的？」

「禿頭？」莫言聲音開始拉高。

「對啊，她說看書已經快十年了，一直很好奇，您一開始頭上就沒有頭髮了，是何時禿頭的呢？」

「我，不是禿頭！」莫言聲音越來越尖銳。

「啊，不是禿頭，啊對不起，是我問題問法的問題，她的意思是，您頭髮何時掉光的？」

「我說！我不是禿頭！我的頭髮沒有掉光！我是自己……」

「Molly小妹妹還很善良，她說您頭髮掉光以後一定很辛苦，所以還送了一瓶洗髮精，咦，送洗髮精給你幹嘛？好歹也送假髮吧。」

「我不是禿頭！我頭髮沒有掉光！我也不需要假髮！」莫言氣得叫出收納袋，在空中甩動。

「好好，我知道，但你收納袋收不了我的啦，我是萊恩耶，當年我還幫地獄系列的蚩尤和地藏送水耶。」萊恩微笑。「那我們換下一題，這一題是桃園的Jay同學，喔……這一題啊……」

「這一題怎麼樣？」

「嗯，這一題，不好答啊。」

「到底是什麼題？不要賣關子嘿！」

「嘿又出來了，克制克制。」

「好嘿，啊不，是『好』！那你快點說好嗎？」莫言皺眉說。

「好，我問了喔，嘖嘖，這題就怕連彰化D同學本人也答不出來。」萊恩說，「Jay同學問：『你到底有沒有喜歡琴？』」

「……」

「咦？怎麼沒有反應？是我題目沒問清楚嗎？」萊恩說，「『莫言，你到底有沒有喜歡琴？』」

「……」

「怎麼還沒反應？你是睡著了嗎？別仗著戴墨鏡我看不到你眼睛閉著喔。」萊恩繼續問，「你，到底願不願意娶琴為妻，啊不對，問錯了，是你到底有沒有喜歡琴？」

「……」莫言，慢慢地站起身。

「幹嘛站起來？」

「是那裡，對吧？」莫言伸出手，比著這房間的門後。

「什麼在那裡？」萊恩臉色微微改變。

「那混蛋的彰化D同學！他躲在那門後對吧！是他在操縱這次莫名其妙的讀者問答吧！」莫言大吼，然後一躍而起，手上三十個收納袋，頂峰功力，全部甩了出去。

然後化成漫天亂竄的猛烈小龍，這是『群龍出穴』啊！

所有小龍的目標都指向同一個，就是那道門。

這剎那，群龍亂舞，莫言猛力追殺，萊恩抱著阻止莫言，滿桌的刀槍麵包飛起，陷入一大片混亂中。

混亂中，只有萊恩大叫著。

「我們陰界十二見，對了，下集預告……下集，那兩人會一起旅行，就是那兩人……」萊恩叫著，「我們下集見了。」

我們《陰界黑幫》十二集見了。

20220625 Div　於家裡沙發 完稿

Div作品 17

陰界黑幫 11

國家圖書館出版品預行編目資料

陰界黑幫．11，／ Div 著.
— 初版. — 臺北市：春天出版國際，2022.11
面；　公分. —（Div 作品；17）
ISBN 978-957-741-607-0（第11冊：平裝）

863.57　　111016466

ISBN 978-957-741-607-0
Printed in Taiwan

作者　Div
封面設計　克里斯
內頁編排　三石設計
總編輯　莊宜勳
責任編輯　黃郁潔

出版者　春天出版國際文化有限公司
地址　台北市忠孝東路四段303號4樓之1
電話　02-7733-4070
傳真　02-7733-4069
E-mail　frank.spring@msa.hinet.net
網址　http://www.bookspring.com.tw
部落格　http://blog.pixnet.net/bookspring
郵政帳號　19705538
戶名　春天出版國際文化有限公司
法律顧問　蕭顯忠律師事務所
出版日期　二〇二二年十月初版
定價　360元

總經銷　楨德圖書事業有限公司
地址　新北市新店區中興路二段196號8樓
電話　02-8919-3186
傳真　02-8914-5524